理念

张国成传记

程中伟◎著

中国纺织出版社有限公司 | 国家一级出版社
全国百佳图书出版单位

图书在版编目（CIP）数据

理念：张国成传记 / 程中伟著 . -- 北京：中国纺织出版社有限公司，2019. 10

ISBN 978-7-5180-6630-8

Ⅰ. ①理… Ⅱ. ①程… Ⅲ. ①传记文学—中国—当代 Ⅳ. ① I25

中国版本图书馆 CIP 数据核字（2019）第 190285 号

策划编辑：孔会云　　责任编辑：范雨昕　　责任校对：寇晨晨
责任印制：何　建

中国纺织出版社有限公司出版发行
地址：北京市朝阳区百子湾东里 A407 号楼　邮政编码：100124
销售电话：010 — 67004422　传真：010 — 87155801
http: //www.c-textilep.com
E-mail：faxing@c-textilep.com
中国纺织出版社天猫旗舰店
官方微博 http: //weibo.com/2119887771
北京华联印刷有限公司印刷　各地新华书店经销
2019 年 10 月第 1 版第 1 次印刷
开本：710 × 1000　1/16　印张：17.5
字数：144 千字　定价：128.00 元

凡购本书，如有缺页、倒页、脱页，由本社图书营销中心调换

序一

改革开放40年来，尤其是进入21世纪以来，中国纺织工业发生了历史性的变化，取得了举世瞩目的伟大成就。行业发展规模迈上新台阶，自主创新能力、技术装备水平和产品开发能力整体大幅提升，科技创新、绿色发展、时尚转型硕果累累，为满足人民群众对美好生活的新需要，为国民经济发展做出了重大贡献。在这一历史进程中，一大批具有创新创业精神的优秀企业家和职业经理人脱颖而出，成为这个伟大时代中国纺织经济发展的推动者。张国成同志就是其中的佼佼者之一。

张国成在纺织行业工作了40多年，2003年2月进入刚刚创建的合资企业（2005年转为台资）——常州旭荣针织印染有限公司担任副总经理，负责行政和配合生产管理工作，当年企业就实现销售收入1000万元，此后销售收入连年翻番，三年后跃升到8000万元，展现了其过人的企业管理才能。经过十多年的发展，常州旭荣公司现已成长为具有较强创新研发能力、质量稳定、面向欧美众多品牌的高档针织面料供应商，近三年累计实现销售30余亿元，其中高新技术产品占销售收入的六成。伴随着企业高速成长的是张国成为之付出的管理智慧和成功实践。

这本江苏作家程中伟撰写的《理念：张国成传记》，将张国成在生活、工作中，特别是企业管理实践中大量鲜活的故事展现在我们面前。

理念是实践的先导，张国成在企业管理中取得的成就，源于其博采众长，并结合企业实际形成的“理念”，并创造性地用于企业管理实践。比如，2008 年世界金融危机肆虐，在不少企业投资积极性不高，流动性不足时，张国成危中寻机，坚持创新发展理念，积极建议集团总部投资建设旭荣研发大楼，2010 年投资 7400 多万元的国内第一家专注于运动休闲类针织面料的研发大楼落成，此后企业每年投入数千万元用于创新研发，每年推出近 4000 款新产品，涵盖了市场 80% 以上的新品面料，形成了企业差异化的竞争优势，打下了企业创新发展的基础。又如，企业创建之初，张国成秉持人才是企业发展根本的理念，不辞辛苦地到各大专院校广泛引进人才。多年来，随着各类人才的陆续引进、培训和悉心培养，并在实践中锻炼，不断为他们的成长成才拓展空间，企业始终保持了专业技术人才队伍的稳定。目前公司 500 多名员工中，大专以上学历人员占比已达 43%，为企业不断成长和高质量发展积蓄了最具活力的新动能；再如，张国成同志认为，企业发展归根结底要依靠广大职工的努力，提出了企业和职工是鱼水关系的理念，只有善待职工、尊重职工、关心职工、以人为本，职工才会全力以赴地投入工作。他把解决职工最困难、最操心、最忧虑的现实问题作为企业管理的重要内容。他的办公室，职工可以进来谈工作，也可以进来谈生活上遇到的难题。他还独创了“总经理午餐制”，他和职工一起吃午饭，利用午餐时间，听取职工建议，了解职工诉求，不仅收集和采纳了职工对企业生产经营的大量合理化建议，也针对职工生活中存在的种种不便和难题，及时和尽力加以解决，甚至亲力亲为，协调有关方面寻求帮助，被职工亲切地称为“娘家人”，有效地调动了职工生产和工作的积极性；更为可贵的是，张国成较早就形成了企业可持续发展必须严格控制和有效处理污染源保护生态环境的理念，为了解决企业污水和固废处理问题，早在 2005 年张国成就提出将企业搬迁到环境保护设施配套齐全的常州天宁区标准工业园，很快得到企业总部领导的批准。新厂房建成搬迁后，张国成又提出了建设绿色工厂的建议和节能、环保的方案，公司先后投资 5000 多万元完成污水处理及回用、废气治理设施改造等工程，加大末端治理力度，较好解决了污染物排放对企业发展的制约，其中，“针织印染节能减排技术集成及应用”项目在2012年获得了中国纺织工业联合会授予的科技进步二等奖，企业也在2018年2月被工业和信息化部命名为绿色工厂。此外，张国成在团队建设、技术管理、质量和成本管理、科技进步、两岸文化融合、职工队伍建设、培育企业发展新动能、社会责任等有关企业管理的诸多方面都有自己的“理念”，这本书里也都有所涉及。

企业管理，一靠制度、二靠企业文化，包括管理理念在内的企业理念是企业文化的核心，对企业发展具有长远的、基础性的作用，是企业的“厂基”。常州旭荣在工业园建设新厂房时，张国成极力建议增加投入将地基加高一米。结果证明，就是这加高一米的厂基使旭荣成功避免了2015年5月全国大范围地区遭遇的百年一遇的特大暴雨洪涝灾害。推而广之，张国成在旭荣坚持和推行的管理理念也是一种无形的“厂基”，其对旭荣长远健康发展将日益凸显出它的基础性价值。

在这本书中，我们也不难发现从张国成身上体现出了特别值得赞赏的、我国纺织优秀企业家和职业经理人所共有的精神特质：

一是孜孜不倦的学习精神。学习是进步的阶梯。张国成在工作之余从没有停止过学习的步伐，这不仅得益于家传和江南人杰地灵的人文环境，更是张国成追求事业而发自内心的自觉。参加工作时，张国成只有高中学历，为了提升自己的专业素质，张国成根据工作需要不断学习相关业务知识。进入领导岗位后，随着时代前进的步伐，更是如饥似渴地学习新理论、新知识，并参加了国内多所大学的业余进修。现在，张国成不仅是纺织企业管理的行家里手，而且从一个纺织专业的门外汉成长为纺织工程高级工程师、当选为常州市纺织工程学会理事长、被江苏省教育厅、科技厅聘为首批产业教授。

二是具有推动行业与社会进步的使命感、责任感。一个企业经营者为行业、为社会做出自己的贡献，才能算得上是有所成就，他所经营的企业才有存在的价值。承担社会责任、追求社会价值是新时代企业家精神的核心和使命感、责任感所在。张国成就是这一使命感、责任感的自觉践行者。在经营好企业的同时，张国成积极参加扶危济困和社会公益活动；作为常州市人大代表，他对常州市的社会和经济发展、特别是纺织工业发展提出了许多提案，不少被评为优秀提案，他也被评为常州市优秀人大代表。张国成心系行业发展，他担任我国纺织行业针织、印染等多个专业的社会职务，每次行业活动，他都积极建言献策，为行业发展贡献力量；在主持常州市纺织工程学会工作中，他竭尽全力为推动常州纺织行业发展尽心尽力干实事、谋实效。

如何把自己多年来管理企业的理念留下来、传下去，是张国成近年来一直在思考的问题。这本书的出版，可以说实现了他的夙愿，也可以说体现了他的使命感、责任感。

特为之序。

中国纺织工业联合会原会长

2019 年 5 月于北京

序二

旭荣集团母公司旭宽企业，1975 年由黄信峰董事长、黄庄芳容总经理共同于台湾创立。2002 年前到大陆发展，本书主人翁张国成副总经理，扮演旭荣集团在大陆开拓成长的关键角色。张副总高效当责，沟通圆融的为人处世，赢得产官学各界诸多肯定与荣誉，也获得常州旭荣职工的爱戴与尊重。而常州旭荣代表整个集团也在周世荣总经理、张国成副总经理、王存山厂长、李文杰协理、蓝玉燕经理等高阶主管的努力及管理下，成为集团的生产及研发中心，赢得了国家高新技术企业、产品开发基地、绿色环保基地等荣誉，表现优越。

张副总加入旭荣后，以厂为家，坚持每天很早就到岗巡视，并在门口迎接职工上岗，在厂里总能看到神采奕奕、声音洪亮的张副总巡厂，遇有极端天气或重大事件，张副总第一时间带领职工作战处理，他亲力亲为，尊重每位员工的态度，以及在年轻时就锻炼出的领导和协调能力，带领常州旭荣经历许多风雨，并多次化危机为转机，这些精彩的事迹在第四章许多小节有详尽描述，至今常州旭荣老班底仍记忆犹新，都是大家一步一个脚印，齐心迈向集团愿景的轨迹。

张副总与旭荣集团的经营理念非常契合，“企业社会责任”与“创新研发”一直是旭荣集团长期的重要策略，也是让旭荣集团能在两岸纺织业创下连续 45 年营利的关键。如第四章所提到，早期在资金与环境紧张的情势下，在张副总及各主管与同仁的推动及带领下，常州旭荣针织印染有限公司的科研大楼及环保节能措施顺利推进，奠定常州旭荣公司在大陆纺织业企业社会责任与针织创新研发的龙头地位，并赢得“国家运动休闲针织面料开发基地”的称号。

“分享”与“坦诚”一直是旭荣集团的核心文化，高阶主管的推动是企业文化塑造的重要动力。张国成副总把分享与坦诚的文化发挥得淋漓尽致，例如，透过每周三的总经理午餐，吸取职工建议，了解职工所需，并落实集团的“厕所文化小品”“成功失败经验谈”等重要措施。旭荣集团相当重视教育培训，每个月在集团 EMBA 读书会上，张副总认真阅读，勤做笔记，成为年轻同仁的榜样。非针织专业背景出身的张副总，努力钻研印染技术，发表许多论文，取得纺织专业的认证资格，能掌握行政管理及印染技术的专长，是纺织业不可多得的人才。

企业成长，最重要的是人才与传承，张国成副总不遗余力地培养年轻一代，让常州旭荣能够不断茁壮成长，我们非常感谢张副总对人才的栽培，也期许张副总扩大自身影响力，以他的专长帮助更多纺织企业、青年学子及社区成长，为社会做更多的贡献，也期待旭荣集团能有更美好的未来！

董 事 长

总 经 理

执行董事

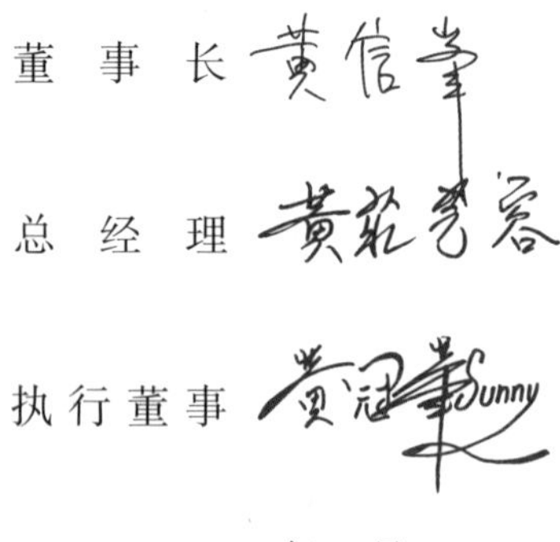

2019 年 5 月

目 录
Contents

领导关怀篇

2015 年，原江苏省委书记罗志军（左）参观江苏省服装节，了解旭荣新产品开发，与总经理黄庄芳容交流

2018 年，江苏省省长吴政隆莅临常州旭荣公司调研环保治理及新产品开发

左起：天宁区委书记宋建伟、江苏省省长吴政隆、常州旭荣副总经理张国成、常州市市长丁纯

江苏省副省长、原常州市委书记费高云 2016 年莅临常州旭荣公司调研纺织高端人才培育计划

左起：常州旭荣副总经理张国成、江苏省副省长费高云、常州市副市长陈正春

江苏省政协副主席、原常州市委书记范燕青（前左一）2010 年莅临常州旭荣公司调研智能化数据工厂

江苏省政协副主席、原常州市委书记阎立（左二）2013 年莅临常州旭荣公司调研运动品牌研发基地

常州市委书记、市人大常委会主任汪泉向张国成颁发常州市 2018 年度优秀人大代表奖牌

2017 年，常州市市长丁纯调研常州旭荣自动调料打样中心

左起：常州市天宁开发区主任倪云泽、常州市财政局局长乔俊杰、常州市天宁区区长许小波、常州旭荣副总经理张国成、常州市市长丁纯、常州市政府秘书长杭勇

2011 年，常州旭荣公司十周年庆，张国成与中国纺织工业联合会原会长杜钰洲（左）合影

2015 年，中国纺织管理创新年会，张国成与时任中国纺织工业联合会会长王天凯（左）合影

2014 年，中国纺织工业联合会原副会长许坤元（中）莅临常州旭荣公司

2016 年，在中国纺织企业家年会暨中纺企协九届四次理事会上，张国成与中国纺织工业联合会会长孙瑞哲（左）合影

2013年，中国纺织工业联合会副会长、中国针织工业协会会长杨纪朝莅临常州旭荣公司调研

左起：常州旭荣副总经理张国成，中国纺织工业联合会副会长、中国针织工业协会会长杨纪朝，台湾旭荣集团总经理黄庄芳容，中国纺织职工思想政治工作研究会、中国纺织企业文化建设协会秘书长姜国华

亲人朋友篇

1992 年，张国成全家福

后排左起：二姐张荷珍、二姐夫赵国良、大姐张杏珍、大姐夫周家兴、大哥张筛成、大嫂姚全凤、张国成、妻子毛林梅、弟弟张德成、弟媳陈银秋

前排左起：外甥赵飞、外甥女周雯、母亲周巧官、侄女张怡、父亲张福生、侄女张倩、儿子张鹏

1991 年，张国成妻子毛林梅全家福

后排左起： 妹婿王小刚、鞠登良、二哥毛道良、大哥毛道林、丈夫张国成、姐夫吴时龙、妹婿牟建伟

二排左起： 妹毛冬梅、毛春梅、二嫂花晓燕、大嫂岳一兰、毛林梅、姐毛腊梅、妹毛忠梅

前排左起： 外甥鞠一成、儿子张鹏、外甥女牟丹、外甥吴剑、母亲李兰芳（怀抱侄女毛晓洁）、父亲毛灼来（怀抱侄子毛岳广）、外甥吴铭、侄女毛晓雯

2017 年，张国成全家福

后排左起：儿子张鹏、二孙子张铭恩、儿媳潘菁

前排左起：妻子毛林梅、大孙子张铭轩、张国成

2018 年，张国成与常州天宁寺僧侣、人大代表廓尘合影

2014 年，张国成（左一）与部队战友 35 周年合影

2011 年，张国成与优秀表演艺术家李雪健合影

2011 年，张国成与著名相声艺术家姜昆合影

学习荣誉篇

2014 年 5 月，张国成（前二排左七）参加清华大学总裁高级研修班时与同学合影

2010 年，张国成（右三）参加北京大学常州总裁班学习，获得结业证书并与同学合影

2014 年，张国成（前排左六）在复旦大学参加学习时与同学合影

2003年，张国成（后排右一）在澳门科技大学学习期间与同学合影

2015 年，张国成（前二排左八）在厦门大学参加常州市第五期工业支柱企业领导力培育研修班时与同学合影

2013 年 6 月，张国成（前三排左二）在参加浙江大学企业领导力培育研修班时与同学合影

2014 年 10 月，张国成（前二排左五）与常州市各级劳模代表外出参观学习时在湖南韶山留影

2016 年，张国成获全国纺织行业劳动模范称号

姓名：张国成 (Name) 性别：男 (Sex)

身份证号：320402195802260616 (Identity Card Code)

证书编号：G02435 (Certificate No.)

张国成 经江苏省企业职业经理人任职资格培训与认证委员会评鉴，符合高级职业经理人资格认证标准，特授此证。

Zhang Guocheng has passed the certification test held by Jiangsu Province Enterprise Professional Manager Training & Certification Committee, met the certification standard of Senior Professional Manager Qualification, and was awarded this certificate.

主任

二〇一四 年 月 十

2014 年，张国成获江苏省企业职业经理人任职资格培训与认证委员会颁发的高级职业经理人证书

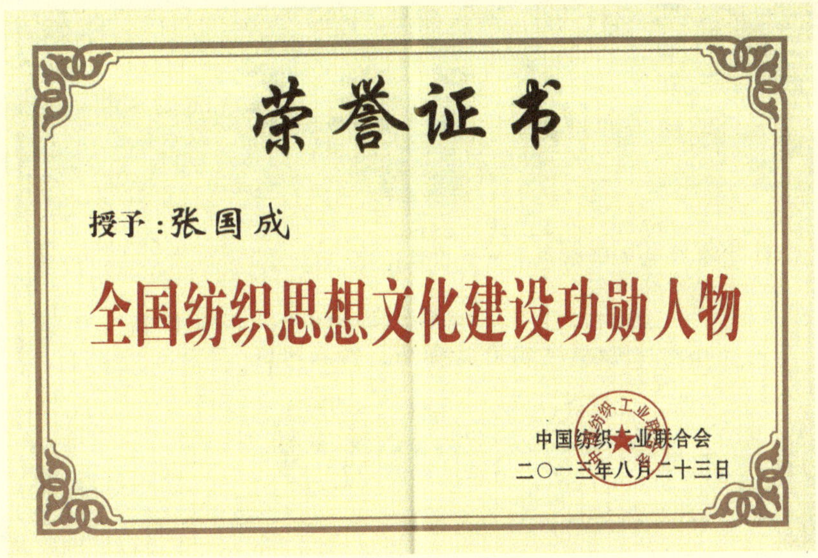

荣誉证书

授予：张国成

全国纺织思想文化建设功勋人物

中国纺织工业联合会

二〇一三年八月二十三日

2013 年 8 月，张国成荣获全国纺织思想文化建设功勋人物称号

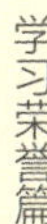

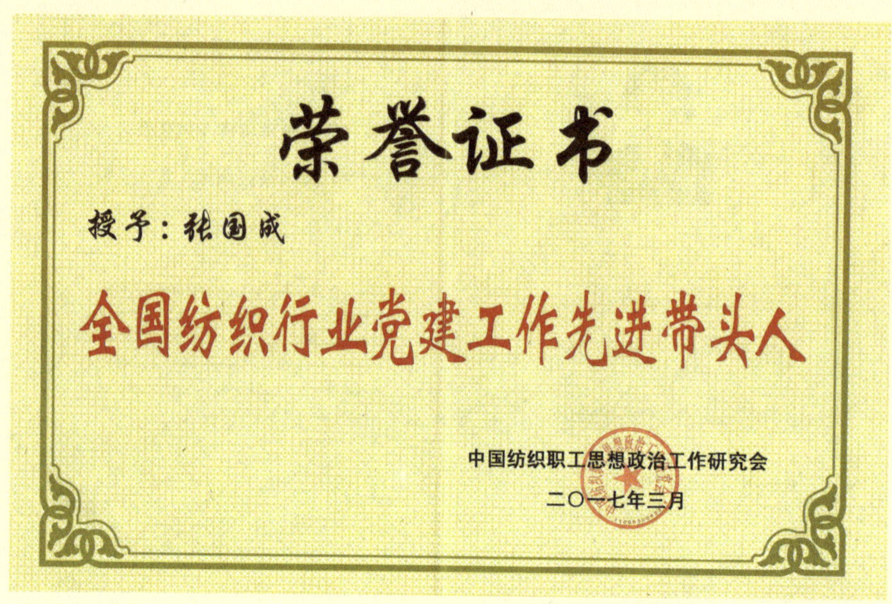

荣誉证书

授予：张国成

全国纺织行业党建工作先进带头人

中国纺织职工思想政治工作研究会

二〇一七年三月

2017 年 3 月，张国成荣获全国纺织行业党建工作先进带头人

荣誉证书

CNTAC

常州旭荣针织印染有限公司：
张国成同志：

荣获二〇一二年度全国纺织行业质量管理小组活动卓越领导者称号，特发此证。

中国纺织工业联合会　　中国财贸轻纺烟草工会全国委员会

二〇一二年七月

2012 年 7 月，张国成荣获全国纺织行业质量管理小组活动卓越领导者称号

旭荣公司篇

2019 年，张国成与同事合影

左起：中国大陆行政副总经理李静榆、旭荣集团董事长黄信峰、常州旭荣公司副总经理张国成、越南福东印染公司总经理周世荣

2011 年，常州旭荣公司研发大楼落成典礼

2011 年，常州旭荣公司检测中心落成，时任中国纺织工业联合会会长杜钰洲（左四）赴旭荣恭贺并进行工作调研

2013 年，常州旭荣公司获全国五一劳动奖状

旭荣集团总经理黄庄芳容、常州旭荣公司副总经理张国成

2011 年，旭荣集团执行董事黄冠华主持常州旭荣公司十周年庆，并为旭荣集团总经理黄庄芳容庆贺六十大寿

2011年，旭荣集团执行董事黄冠华（右一）在常州旭荣公司向相关人员布置工作

2019 年，常州旭荣公司邀请社会各界人士参加纪念世界环境日暨常州旭荣公司绿色智能工厂开放日活动

成长足迹篇

第一章

少年时代：亲情友情师生情

第一节　九户人家书卷弄

在江南，人们总是依河而居。

常州地处长江中下游南岸，温润如玉、风景秀丽，京杭大运河阔步而过，与小河密布一起，是典型的鱼米之乡、江南小桥流水人家。它更是一座具有 3200 多年的文化名城，钟灵毓秀、人才辈出，季子、费伯雄、盛宣怀、刘国钧、瞿秋白、周有光等等都来自常州，龚自珍感叹：天下名士有部落，东南无与常匹俦；它还是长江三角洲中心城市，与苏州、无锡、上海、杭州、南京等构成 2 小时繁华都市圈。

从高处看这座小城的水路，形似一条可爱五彩的小金鱼，欢快地朝着东南方向、大海游去。改革开放后，常州经济发生了翻天覆地的变化，成为全国工业明星之城，周围高楼鳞次栉比。现在再看，常州天宁区的整个繁华地段几乎与小金鱼的轮廓相重叠，天宁宝塔、红梅公园正处在小金鱼的头部位置。

青果巷与麻巷东西相接，与晋陵路交叉，向西是青果巷，向东是麻巷。巷子与小河并行，看上去像从小金鱼头部到尾部彩绘的两条蓝色、黄色的条纹，将小金鱼勾勒得活蹦乱跳，充满灵气。

张福生每天上下班都要从家里进出书卷弄，再经过麻巷、青果巷，然后到自己的单位上班。张福生每当经过这些巷子时，都充满自豪感，要说

1958年，幼时张国成与父母合影

原因大概有三个方面：

常州的众多名人都是从这两条巷子走出来的，盛宣怀、唐荆川、刘国钧、瞿秋白、赵元任、周有光、史良、吴青霞等，他们把古巷照的通透发亮。张福生觉得他们像是自己的邻居一样，抬头俯身都能与他们“撞个满怀”，也激励着自己不断前进。

张福生进出的那条麻巷里的书卷弄始建于元代，也有近千年的历史，因弄内有元代状元陈祖仁的读书地而得名。这也让37岁的张福生充满自豪感，毕竟这书卷弄里出过状元，自己的子女总会受到熏陶，今后也能成为有用之才。“孟母三迁”的故事充分证明了这一点。

俗语说“百万买宅，千万买邻”。那时书卷弄里前后两排一共居住着八九户人家，张福生家在书卷弄的最里面。那时候，虽然物资比较匮乏，每家每户都是平房，但张福生他们邻里友善，彼此尊重，有什么需要大家都相互帮衬。加上大家都没有院落，方便了孩子们穿堂过户 、东走西逛的嬉戏，成了玩乐的场地。那感觉，就像是一大家子。

张福生每当想到这些，幸福感油然而生，心里不禁念叨：“这里真是一个千载读书、圣贤大师集聚的风水宝地。”

1958年农历正月初九，阳历2月26日，正值春回大地的季节。那天早上，旭日东升，阳光普照着大地。常州这座古老的小城被朝霞抹上了一层金黄色，显得格外温暖。书卷弄里家家户户都沉浸在春节的欢乐之中。还有，再过几天就要过元宵节了，小孩们早忙活了起来。虽然还没到元宵节，一到晚上，他们已开始提着自制的萝卜灯、西瓜灯等进行“闹元宵”了。当然，他们还盼着到了元宵节能吃上糯米团子、年糕、元宵等美食，以饱口福。

这天张福生更是心花怒放，高兴得合不拢嘴。他家中再有添丁之喜，自己的第四个宝贝张国成呱呱坠地。

那天，张福生轻轻地用两个巴掌捧着张国成不停地瞧，就是看不够。说来也巧，当时一束温柔的阳光正好落在张国成的额头上，看上去，那额头红嫩发亮。张福生被惊呆了——这孩子长大了肯定了不起，你看那额头上闪烁着智慧的光芒。

张福生看着自己的宝贝，越想越开心。他美滋滋地想：老大张筛成，因为出生在筛箩里而得名，那个古人怎么说来着，苦其心志，劳其筋骨，长大了也肯定了不起。还有我的女儿张杏珍、张荷珍，出落得亭亭玉立，那可都是祖国未来的花朵，长大了肯定迷倒一大片。你再瞧瞧这个张国成，刚出生额头上就闪烁着智慧的光芒，还长得壮壮的，有使不完的劲儿，乱蹬乱吼，长大了肯定是一条好汉。

张福生，想到孩子美好的未来，喜笑颜开，心里乐开了花。

亲朋好友、左邻右舍也都来看这个小生命了，肉嘟嘟的张国成，真是讨人喜欢：

“你看看这眼、这鼻子，跟他爸长得真像……”

“你看这额头，光亮光亮的，长大肯定聪明的。”

“你看看，这双大眼睛忽闪忽闪的，充满了智慧！”

张国成的脸蛋最受大家的欢迎，不是这个过去摸摸，就是那个过来捏捏。他的出生给家里带来了无穷的欢乐。虽然那个年代生活比较艰苦，但家里有了两对儿女，对于张福生来说，再苦再累也值得。

“这小家伙力气可真大，浑身的劲儿，一直都用不完！”张国成的妈妈感到很惊讶，“刚包好，三下两下都被蹬开了。”

“我来裹……”张福生说着，用小棉被将他的宝贝裹起来，裹得像个粽子。可是刚转身，就被张国成蹬开了，半个身子裸露在外面，还发出了咯咯的笑声。

张福生夫妻俩相视一笑，无奈之下，只能用小被子将张国成盖住作罢。张国成从出生那天开始，就别想用什么东西将他裹住，他要全力感受这个五彩的世界，想束缚住他可不是一件容易的事情。

第二节　兄弟姐妹饼干情

时间过得无声无息，宝宝咿呀学语的时光十分短暂。张国成的妈妈看着他一天天长大，现在走起路、说起话来都像个小大人一样。

“妈妈，哥哥、姐姐上学去了，我也要去上学！”张国成像个小尾巴一样，追着哥哥姐姐去上学，总是被妈妈拉回来。

“等你长大了再去上学，现在你还小！”

不知道张国成被妈妈拽回了多少次，他才如愿以偿，终于上了幼儿园。

在 20 世纪 60 年代，物资条件普遍比较匮乏。家里老大的衣服老二穿，老二穿完再老三穿，一直穿到到处是补丁。张国成一个哥哥、两个姐姐，还有一个弟弟，自己身上的衣服自然也是打了很多补丁的。但这丝毫不影响他的学习劲头。

张国成入园那天，很多小孩子乱成一锅粥。开始只要有一个孩子哭，那声音如魔音一般，马上就会起到连锁反应，引起群嚎。当然，针对这种情况，幼儿园的老师是有妙招的：

“看看这个小朋友，真是乖宝宝，他可是没有哭泣噢，我要奖励他一块饼干！”

奖励饼干吃，对孩子的诱惑实在太大了，杀伤力也是比较强的，什么魔音都会失效。老师话音刚落，孩子们的哭声就戛然而止了。除了奖励饼干，幼儿园也会定时发给孩子饼干、面包等点心。点心一发，孩子们都狼吞虎咽，三下五除二吃个精光。

张国成拿到奖励他的饼干以后，反复看着那块饼干，并没有吃掉，而是将那块饼干悄悄地塞进了裤腿上的补丁里。

那一幕被幼儿园的老师看到了，感到十分惊讶，不解地问："你放在那里干什么呢？为什么不吃呢？"

"我要带回家，给弟弟吃。"张国成见老师发现了自己的小秘密，有点紧张地说。

"哦，原来是这样啊，真是一个懂得分享、有爱心的宝宝！"

"那你饿吗？"

张国成开始点了点头，可是又马上懂事地摇了摇头。

小小年纪的张国成忍着美食的极大诱惑把好吃的饼干留给弟弟张德成的举动，彻底把老师打动了。老师又奖励他一片饼干，希望他能吃，可是，转身又被张国成塞进了补丁里。他想，还有姐姐呢！

其实，不光是张国成，他们兄弟姐妹五个从小都学会了谦让，相处得十分融洽。张国成的妈妈给他们讲过"孔融让梨"的故事，让他们学习孔融，要大气、要谦让。

这份浓浓的亲情和家庭的温暖，一直感动着张国成，使他形成了知恩图报、孝敬父母的优秀品格。那份纯真的情、真挚的爱，让张国成对这个世界充满了爱，也让他充分感受到了分享的快乐，懂得了要从分享中、付出中获得快乐的道理。

1992 年，张国成全家福

后排左起：二姐张荷珍　弟张德成　哥张筛成　张国成　大姐张杏珍

前　　排：母亲周巧官　父亲张福生

第三节 岁月麻巷故事多

每到周末或星期天，小孩子们就聚在了一起，书卷弄里就像集市一样，开始热闹了起来。

“让开，我来啦，快让开……”张国成自制了一个铁环，找了根树杈就推了起来。他的前面没有任何人，但他担心会有人挡住去路，当然，也是喊给其他推铁圈的同伴听的，所以一直喊着口号，“别撞到了，都让开！”

就这样，张国成率先从巷头成功推到了巷尾，刚到巷尾，就回头对着还没有到达终点的同伴喊了起来：“加油……加油……”

就这样，他们反复地、不厌其烦地进行着这项简单的游戏。有时可以玩上半天，个个大汗淋漓。

“严志刚，我们玩斗鸡吧？”张国成抹了一把汗提议。

“好好！”严志刚把铁圈放在了一边，“谁还来玩斗鸡？”

“我们也玩！”孙伟民他们也加入了斗鸡游戏当中。

“好吧，那我们先分组比，我们一组，他们几个一组，”张国成说，“每组先比，然后胜利的再跟胜利的比，看谁能坚持到最后谁就赢！”

很快，每个组都准备到位。张国成单腿立着，另一条腿形成三角形，一手抱着脚脖、一手抱着大腿准备用膝盖撞击对手。他们虽然都单腿立着，但站得比较稳，从不左摇右晃。当然，也有年龄偏小点的，总是立不稳，还没有斗撞两下，就败下阵了。

“要赖，要赖！”严志强将同伴一下推倒在地，“叫你要赖……”

原来，比赛正进行得火热时，一个小伙伴从严志强背后袭击，严志强一下子倒在地上，小手着地，擦得红红一片。严志强站起身，将其推在地上，痛得哭了起来。

“谁要赖，谁就不能参加比赛！”张国成说。

“对，要赖的不能参加弹玻璃球！”五六个小伙伴都附和了起来。

“还要道歉！”

最终，严志强原谅了对方，他们雨过天晴，忘记了疼痛，很快又玩在了一起。

他们又开始玩弹玻璃球游戏了。弹玻璃球的游戏是张国成他们认为最有趣的一项游戏。弹玻璃球有很多种玩法，有撞墙根、入洞穴、打玻璃球等多种形式。

简单的是将自己的玻璃球撞墙根，反弹到事先画线的位置，不能超过线，离线最近的就有话语权，可以先投最近的玻璃球，投中的归自己所有。

复杂一点的，一般有四五个小伙伴一起玩。总会先找一块平地，挖一个小坑穴，比玻璃球大些，在不远处画一条线，向坑穴处滚出自己的玻璃球。谁的玻璃球离坑穴最近，谁就有优先话语权，并可以第一个往坑穴弹自己的玻璃球。若进坑穴，就可以弹别人的玻璃球了。弹中后，玻璃球归自己。最后，谁的玻璃球最多，谁就算赢。

这种玩法比较有趣。有的为了弹中其他伙伴的玻璃球，由开始蹲着的姿势弹，弹着弹着就身不由己地变成了趴着的姿势，甚至下巴都要挨着地面了，这样就有利于瞄准其他的玻璃球；大家玻璃球拿在手上的位置也不尽相同。有的将玻璃球放在食指上，有的放在中指上，有手面朝向地面的，也有关节朝向地面的；不管如何，大家都是用拇指末指关节骨用力向外猛地弹出，玻璃球就会迅速飞出去了；弹玻璃球成功与否，与手指的力度、弹出时的爆破度有很大关系。有的弹出时没有爆破力，玻璃球根本不是飞出的，而是顺着拇指滚出去的，那样就没有后劲，玻璃球跑得很近，有时还会滚偏，很难击中对手的玻璃球。

“重来，我要重来。”严志强嚷嚷道，“我手滑了，手滑了。”

“不行，不能重来！”大家异口同声地说。因为大家都看出来了，严志强一旦成功，就把大家的玻璃球全赢走了，大家当然不同意，“不能重来……”

严志强这次游戏表现得十分棒，一路都是猛狠准的，显得有点沾沾自喜。大家都瞪大了眼睛、屏住呼吸的看着，但又没有办法。没想到最后一下失手了，气得直跺脚，大声嚷嚷着要重来！大家一看，欣喜若狂地喊了起来，坚决不同意重来。双方声音一声比一声高，害得旁边玩沙包、跳皮筋的女孩子都跑了过来凑热闹，想一看究竟，到底发生了什么事情。

这或许就是童年吧，妙趣横生不断。当然，大家学在一起、生活在一起、玩在一起，总是你推推我，我推推你，你挠我一下，我再挠你一下。起争执总不停歇，哭鼻子也是家常便饭，常常发生。但大家根本不会记仇记恨，他们转眼还是哭的，回头便是笑的了。在这个过程中，张国成学会了理解、学会了包容，胸怀也日益变得宽广起来。

第四节　寒窗不忘家务事

“老师说了，明天要交学费了。”张国成跟爸爸说，“我要先交学费，衣服可以不穿新的，吃的差点也没有关系，家务活我会抢着做的！”

“好！”

张国成见爸爸答应了他，高兴得欢天喜地。

在班集体面前，各个方面他都不愿落在人后。他可是第一批获得红领巾的优秀少先队员。因此，在学校都会争先恐后地学习、手胼足胝地劳动。每年交学费，张国成都会提前跟爸爸商量好。春节不争好吃的，也不争新衣服，只要能让他第一个去交学费就心满意足了。

张福生夫妻俩虽然都在上班，相对来说收入不算低，但供养 5 个学生，开销还是相当大的。本想几个孩子轮流交学费，可是唯独张国成不愿意。张福生在单位似荣誉为生命，他懂得儿子张国成的心思，所以毫不犹豫地就答应了。

在家里，张国成能够第一个到学校交学费，别提有多开心了。同时，也知道父母的辛苦，因此，他一有空就会替父母做些力所能及的家务。

在红梅公园边上有一条小路，两侧长着高高大大的梧桐树。深秋时节，一阵风吹来，透骨地凉，梧桐树就会冻得发抖，叶子就会哗哗地飘落一地。

张国成肩上背着一个比自己还高的竹篓，天刚蒙蒙亮就来到了这条小路上。竹篓里面装了很多梧桐树叶子。竹篓快满的时候，张国成就放了下来，用双手去捡梧桐树叶。他家附近就只有这条路上有高大的梧桐树，那梧桐树叶子是每家每户冬天引火烧炉子的最佳燃料。所以，不光张国成来这里捡树叶，要是来晚了就被捡光了。

每次都是张国成装满竹篓回家了，其他捡树叶的人才陆陆续续地来。

张国成回到家，将树叶堆在自家房前。看着一天比一天高的树叶垛，他心里像喝了蜜汁一样甜。

到了中午，红梅公园边上的甘蔗店生意也开始好了起来。张国成就会冒寒在那里帮忙削甘蔗，小手往往冻得发红。不过，他从不要工钱，只要将削下来的甘蔗皮送给他就行了。

在入冬前，冬季生火用的、取暖用的柴火都要备得足足的，这几乎用掉了张国成学习之外所有的时间。当他储备完冬天用的柴火后，就会帮着哥哥、姐姐推人力板车，拉些建材、砖料、纺织品类的货物。

“用劲儿！”即便他们几个孩子长得比较壮实，但拉一板车建材、砖料等货物，若在平路上还好，可是遇上江南的桥就比较麻烦了。江南的桥虽然小，但非常陡，每次都会累得龇牙咧嘴，有时还会耽误上学。

如此一来，学校的刘清华老师就要家访了：“这几天怎么总是迟到啊，有时候怎么没有去上学啊，是不是身体不舒服呀？”

小时候，刘清华老师的平易近人、温柔体贴给张国成留下了深刻印象。

当老师知道张国成是因为做家务而未能按时上学时，毫无批评之意，不过还是认真地说：“今后要好好学习，不要再迟到啦！”

寒假时，张国成家里买了辆自行车，这可“馋坏”了他。一有空就缠着姐姐教他学骑自行车。不过，那自行车可比他高，姐姐有些不放心：

“再等两年学，你大点再学，现在还学不会！”

“你就教教我嘛，不教怎么知道学不会呢？”

张国成把姐姐讲的无言以对，只得去教他学骑自行车。他们找了一块空草地，就开始学了起来。

“啊呀……”

张国成连人带车摔倒在草地上。他回头看了一下，姐姐在二十几米外，瞬间忘记了疼痛，忙问：“姐姐，你没在后面扶着呀？”

“没有啊，开始几次是一直追着你扶着的，后来你一上车刚骑走就没扶了，你厉害的！”

“天啊，我以为你一直在后面扶着的呢，那我会骑自行车啦？”

“是的,你不知道自己已经会骑了吧,可不要小看了自己呀,再试试吧！”

“那好！”

张国成虽然摔了一跤，却摔出了自信。他将自行车扶起来，自己试着去骑，不让姐姐猫着腰追着自行车扶他了。没想到，张国成上去就骑走了，还特别稳当。

“加油，太棒啦，哈哈！”张杏珍在后面为弟弟加油打气，突然又喊道，“慢点，慢点……”

话音未落，张国成再次连人带车狠狠地摔倒在地。张杏珍急忙跑过去，将自行车从她弟弟身上掀起来，又赶紧看了看，万幸自行车没有砸到弟弟。

“刚会骑，就飞快，要慢点骑，摔疼了吧！”

“没有,没有,没事！”张国成站了起来,拍了拍身上的草泥,伸了伸脚,“脚好像被扭了一下，有点疼的。”

“让我看看！”张杏珍看了看，又轻轻活动活动脚问，“疼吗？”

“不疼！”

“还好，没有大碍，有点小破皮，以后看你逞能？这就叫逞能逞强，今后记着，要学会控制自己的情绪。刚学会有什么好激动的，飞一样快！”

“姐姐说的对，以后有什么事情，再也不逞能了！”

不自信不行，不敢上自行车，逞能更不行，容易摔跟头。没想到张国成跟姐姐学骑自行车还总结出了做人做事的真理。

第五节 演绎伤员沙家浜

“大家安静一下，明天出演《沙家浜》样板戏的同学，请再次熟悉样板戏的故事背景。你们一定要进入各自的角色。大家都想象一下，我们国家在抗日战争时期，新四军指导员郭建光与沙家浜群众联合掩护伤员、转移伤员，成功避开敌军大扫荡，令敌人的计划全部落空，最后一无所获的情景；还有忠义救国军胡传魁、参谋长刁德一向阿庆嫂打探伤员，阿庆嫂与敌人巧妙周旋的惊险过程。最后，伤员痊愈，沙四龙参加新四军，一起杀回沙家浜取胜的场景……”

老师方才话落，台下同学们的欢呼声彼此起伏，一片沸腾。第二天他们不用上课了，同学们欢呼雀跃。

“邱荣林、王维萍、吴跃秋、张国成……你们最好再演练一遍，台词再背背熟，明天一定要成功。还有其他才艺演出的同学都不能粗心大意，要精心准备，发挥出自己应有的水平，为班级争光。”

出演《沙家浜》样板戏的同学放学后就集中在了一起，相互交流了起来。

“王维萍你演阿庆嫂时，一定要显示出沉着冷静、遇事不慌的一面，特别是胡传魁快发现伤员的那一刻。”

“是的，你们放心，我阿庆嫂是智者勇敢的化身，肯定没有问题。你这个胡传魁就算再霸道无理、仗势欺人、奸诈狡猾也休想与我阿庆嫂斗。”

王维萍说起话来不饶人，像小钢炮一样猛。

“哼，我就不信找不到你的把柄，我明明看到有新四军到你茶馆的。”邱荣林也进入了角色，与阿庆嫂对上了眼。

“每天到我茶馆喝茶的南来的北往的，五湖四海的都有，你倒是说说到底哪一个是新四军？”

“你们别闹了，地盘属于我沙世龙的，我对地形最熟悉，你们都得跟我走，哈哈哈……”张国成忍不住插了一句。

“谁跟你走，我们才不跟你走，我们又不是伤员，我是胡司令！”邱荣林洋洋得意地说。“就是，我是刁德一！”吴跃秋也跟了一句。“你们两个都是卖国贼、汉奸，跟我走，想得美，才不让你们跟我走呢。”张国成笑说，“我只让新四军伤员跟我走。”“谁是汉奸？”“谁是卖国贼？”

饰演胡传魁、刁德一的同学跟张国成理论了起来，并围住了他，扬手就要打。

“停停……”张国成一看对方要来真的，赶紧说，“我们不是在演练的嘛，不要生气、不要生气！”

“演练也不能喊我们是汉奸！”

“好好，不喊汉奸……”张国成又添了一句，“那是假汉奸总可以了吧！”

邱荣林、吴跃秋两位同学对张国成怒目圆睁，恨不得将他吃掉。张国成再次求饶，声明再也不喊了。

第二天演出时间还没有到，张国成、邱荣林、吴跃秋、王维萍等就都到了现场准备着出演《沙家浜》。舞台下面有很多同学、市民、家长等，足足有两百人。

张国成他们将《沙家浜》样板戏出演得活灵活现、有声有色。张国成在舞台上的姿态、动作、表情、声音都恰到好处、惟妙惟肖。

台下的人们连声叫好，掌声不息。

第六节 篮球老师深结缘

1968 年夏天，酷热难耐，人们纷纷跑出了屋子。

大大小小的人们，包括放暑假的一些学生，他们更不会待在屋里。有的躲在红梅公园的树荫下乘凉，有的躺在出风口的木条椅子上摇着蒲扇。当然，与之形成鲜明对比的是，常州轧钢厂的王顺福穿着大裤衩，正在红梅公园一角敞开式的篮球场上汗流浃背地与同事、朋友们打篮球。

离篮球场老远就能听到篮球咚咚咚的声音。这是王顺福在篮球场上带着球奔跑时发出的声音。他忽左忽右、时快时慢，躲开重重拦截，冲到篮板下，纵身一跃，高扬起右手，一把将篮球反扣在手中。这时，对方球员立刻上前拦截，只见王顺福虚枪一晃，对方拦了个空，然后转身绕开，向外围冲出，双手举球，背向球篮投了过去。那篮球画了一个完美的弧线，就“哐啷”一声落进了球筐。

“好球！”几个驻足看球的人齐声喊道。

激烈的球场里除了大人以外，还有一个十来岁的孩子，他跟着大人左晃右晃。有时，大人在躲闪奔走中都险些撞到他。显然担心都是多余的，每次他都机敏地躲开。这个满身是汗的孩子就是张国成。

他当时才小学四年级，不顾夏天的酷暑，为王顺福他们服务。特别是球跑出场外了，张国成总能第一个冲出去将球捡回来。

当然，球到了张国成手里，他就有了主动权，往往会学着大人的模样运球、递球，甚至趁大人不注意，也来个有板有眼的投篮，往往也能投中。

张国成这一投不当紧，被王顺福“火眼金睛”发现了大宝贝，立即收下了这个小徒弟。从此，张国成与王顺福、与篮球结下了不解之缘。

大人都散场了，还能看到王顺福对张国成进行指点。

张国成是从最基本的运球开始学起的。

“打篮球要有耐心，沉得住气，一定不能急、不能慌、不能乱，记好三不能才能打好一手好球。”王顺福对张国成不是一开始就教打篮球的技巧，而是对强身健体和心理素质的反复强调。

张国成点了点头，表示同意。

“你要先学运球，别小看运球，这是基本功，万丈高楼平地起，基本功练好了，才能取胜。”王顺福说着半弯着腰用一只手连续在原地拍打篮球，篮球嘭嘭嘭由慢到快，又由快到慢，都十分有节奏。最后，他一个翻掌接住了篮球，“你先试试，两脚要成开立步，两膝微屈，上体稍前倾。”

张国成接过球，学着拍打篮球。

“不对，不要用掌心打球，五指要微拢，用手掌的外缘打球，这样的话有缓冲、不生硬，还能很好地控制球的起跳、方向……”

“好，就这样，对！”王顺福在旁边强调说，“眼睛不要看球，要用余光、凭感觉拍准，做到盲打！”

张国成刚一抬头，就拍偏了，球滚了出去。

“哈哈，看着简单，做起来就难了吧。今后记好啦，不要急，力度不能偏，再试试。”

俗语说“师傅领进门修行靠个人”，经过几次演示和指点，张国成掌握了原地单手运球和双手交替运球的基本动作。接下来，就要靠他自己苦练了。张国成像着了迷一样，忘记了酷暑和寒冷，每天坚持练球。移动单手运球、移动双手运球、三大步、投篮等，从简单到复杂，从单一动作到连贯动作，张国成反复琢磨，不断求教。

不到半年时间，就能替补大人了。虽然还是个小孩，但发挥出了自己机敏、灵活的优势，往往能跟上大人的步伐，得到队友的称赞。

有时候，王顺福到外面参加篮球比赛，张国成也会跟着去。大人在场上比赛，他就认认真真地观战。因处在高处，整个篮球场尽收眼底。张国成看得入迷，中锋、大前锋、小前锋、控球后卫等在他脑海里不断挪移。他似乎看出了别人没有看到的东西，心里有着自己的看法，譬如球队该如何布局、大家该怎样配合、队员何时进攻、何时退守，等等。

第七节　篮球队长少年志

解放路小学的操场上，同学们忙不停歇。他们有的沿着操场跑道跑步，有的在百米冲刺，有的在拉单杠，有的在做俯卧撑，有的在投实心球……原来，张国成他们班的同学正在上体育课，进行体能训练。

突然一声口哨声响起。

“同学们，大家集合一下，我们学校要成立篮球队啦，有喜欢打篮球的可以报名参加！”教体育的周志坚老师吹了吹口哨，对大家说。

“我报名……”张国成听到成立篮球队的消息，箭步跑到周老师面前，举着小手说，“我报名，周老师……”

“你打过篮球吗？”

“打过！”

“好的，我把你名字报到学校，到时学校还要筛选，你去试试，争取能被选上！”周老师知道张国成短跑运动非常好，不管是 200 米还是 100 米都表现不错，每次都能排在前三名。他却不知道张国成会打篮球，还担心选不上他。

“好的！”

“答应的倒是爽快。那样，我们班报名的，放学后都要练半小时，别到时全军覆没就难看啦！”

热爱运动的张国成，平时一有空就跟着王顺福他们打篮球。自己的篮球技艺虽然不能与他们大人相媲美，但若是到班级里、学校里还是应该能够技压群雄的。不过张国成不敢掉以轻心，也不敢逞能，学自行车时已经汲取了深刻的教训。自己能跟人家大人学打篮球，就不能排除其他同学也学过，毕竟这是整个学校的篮球队。

周老师带队，对几个学生进行指导，不曾想，张国成运球、传球、投球等动作都十分标准，不免有些惊讶：

"你们都跟谁学的，球打得不错嘛！"

"我们经常跟张国成在一起打，没跟谁学。"

"对了，张国成，你们几个同学中你打得最出色，你肯定在哪里学了吧？"

"就在红梅公园，跟着他们大人打球，王老师教过我，我认他做老师！"

"学多久啦？"

"一年多了。"

"哦，你们几个到时加加油，说不定都能选进学校的篮球队。"

在学校通知之前，张国成他们经常练球，先组成班级队，与其他班级的进行对决，打得热火朝天。周老师看着他们进步非常快，特别是张国成，每次都能出色完成任务，与其他班级相比，水平高出一大截。

"王主任，找你有个事情。"周老师找学校体委王主任神神秘秘地说，"我觉得自己发现了一个好苗子，我们班有个学生叫张国成，他打球绝对一流，我想要是好好培养，一定会给学校争光的！"

"我们就缺好苗子啊，快点推荐过来，打打试试！"

"那成，我们班明天正好体育课，你到时来指导指导如何？"

"好呀，没问题，要是好苗子的话，今后派出去跟其他学校比赛，给我们学校争光！"

"好好好，太好了！"

第二天体育课还没开始，王主任带着几个学生十分神气地找到了周老师：“周老师，下一节课是你们体育课吧？”

1973年，常州市青少年篮球队队员合影（后排右一张国成）

周老师一看，王主任还带了五六个不认识的学生，其中一个还托着一个篮球，时不时将篮球在手掌上面空旋几圈，就猜了个八九不离十：

“干嘛王主任，这是要干上啦？”

“周老师给学校推荐好苗子，我也带几个其他年级的好苗子，是不是好苗子、是不是好马，牵出来遛遛不就知道了吗？”

“好，那一言为定，你们先去操场，我去叫他们！”

周老师说着就走向了教室。

“张国成，你们几个打篮球的同学都先到操场上去，你们先跟其他班的同学练练。”周老师又对着其他的同学说，“马上体育课开始了，大家都去吧，为我们班的篮球队当啦啦队去！”

同学们像潮水一样，一下子就齐聚到了操场上。

在领队张国成的带领下，队员们配合得十分默契。灵活进攻、近距离递球、远程射门等等都拿捏得恰到好处……现场的“观众”都是外行，只要见进球都会吼一声，并鼓起热烈的掌声，根本不看是不是自己班级的进球。

一场下来，王主任就对周老师说：“不是一个好苗子，是一群好苗子！”

“哦……”

“告诉你吧，我带来的是其他学校的，初中的。”

“啊，这太不公平了吧……”周老师眉头紧皱。

“哈哈，不要着急，我心里有数！”

2013 年，张国成（前排右二）与昔日常州市青少年篮球队队员再次聚会（前排左四为原教练刘颐）

"哼，还笑！"

"哈哈哈哈！"王主任又爽朗地笑了起来。

只是，球场上他们好像并没有占多大的优势，打下来持平，不分胜负，还险些败给张国成他们。

这时，周老师的眉头舒展开来，他知道张国成面对的是比他们高一级的学生，即便是输了也不丢人。反而，王主任他们再也高兴不起来了，遇到了强劲的对手。

张国成从班里第一打到年级第一，再从年级第一打到学校第一，并通过多场测评，张国成及团队的成绩都十分稳定，最终被选为学校篮球队的队长、核心队员。

张国成带着他的篮球队，经常代表学校与其他学校的篮球队进行比赛，并获得天宁区青少年篮球友谊联赛第一名。这下张国成一下子出了名，被常州市体委刘老师慧眼相中，并亲自调教：

"我们在投篮、防守等战术上肯定要不断苦练，但是在赛场上靠这些还远远不够，因为大家都会刻苦训练，技能上不会相差很多。赛场上，重要的是我们要放开胆子去打，不要有任何顾虑，也不能有任何思想包袱，出现任何情况都要保持冷静，千万不能乱了阵脚，不到最后一刻，谁都不知道会发生什么……"

刘老师的教诲，张国成铭记在心，平时对自己严加苦练，水平再次提升。很快，他又被推选为常州市青少年篮球队队长。成为市青少年篮球队长以后，他肩负重任，自己苦练外，还要兼顾篮球队的成败。张国成的脑海里一直生活着一个篮球队，队员的队列、布局、战术等都是他要考虑的。

最终，这支篮球队不负众望，在全市青少年篮球比赛中获得冠军，并打出常州市，代表常州青少年篮球队打到了江苏省，成功对决南京队等，在各市比赛中屡次斩获冠军，打出了自己实力和威风！

第八节　师生情浓夏文宾

张国成是夏文宾老师十分器重的一个学生。虽然已经过去了 40 多年，但夏老师对张国成印象十分深刻：“张国成在小学都是出色的篮球队长……”夏老师还准确无误地报出了当时张国成篮球队主力队员的名字：王仁星、杨宝林、张闻文、张建刚。同时，夏老师如数家珍，回忆起了他们师生之间学习、生活的点点滴滴。

1972 年春季学期结束，张国成告别了解放路小学。整个小学期间，张国成学习成绩优异，篮球打得全校闻名。然而，在张国成心里这些都成了过去，都要从零开始。

夏文宾 1971 年刚调到初中教学，就一直等着张国成呢，这或许就是缘分吧！夏文宾毕业于江苏师范学校，30 多岁，个头高高的，帅帅的。他待人和蔼可亲，教学态度严谨，教学呕心沥血，以循循善诱、因材施教的教学方法而著称。

“张国成，我是夏老师，听说你打篮球是非常棒的。”夏老师对每个学生的情况都提前做了解，他笑容可掬地说，“我们什么时候也切磋切磋球艺如何？”

“哪敢跟老师切磋呀……”张国成万万没想到自己打篮球的事情连初中的夏老师都知道了，愣了一下说，“你教我两招还差不多。”

“还蛮谦虚的嘛,我们班选班干部,我想让你当体育委员,你觉得如何？”

“我怕做得不够好，体育委员具体做什么呀？”张国成思考了一下问。

“哈哈，一支篮球队都能带好、能服务好，当体育委员应该不成问题。今后我们班里有文体活动了，你协助老师组织大家参加，做些服务性的事情,收发体育器材什么的,并没有太难的事情。有解决不了的,你可以找我,不用担心什么。”

张国成开心地点了点头。

张国成除了将学习搞好外，还为班里服务。同时，还在备战常州市青少年篮球赛冠军争夺赛。全市青少年篮球赛历时两个多月，通过层层比赛，最终派出强队参加决赛。张国成、王仁星、杨宝林、张闻文、张建刚等同学组成的篮球队，打遍无敌手，最终进入了冠军争夺赛。张国成心想，与自己对决的球队的实力不可小觑，他们也是常胜将军。为了打败他们夺得冠军，张国成几个主力队员也在商量对策。

“实验中学篮球队也是出了名的,从实力方面来看,我们并不差上下。”张国成分析了对手后说,“除了苦练外,到了比赛时,心理战比球技更重要,我们要充满自信，从气势上压过他们！”

“我们要灵活进攻！”

“我们要做好防守，打乱他们接球、运球、投篮等，耗费掉他们的大量体力！”

“最好用协防，找出对方的弱势，打压他们的强手，一定乱掉他们团队的阵脚，让他们发挥不出自己的强项，一定要保护好篮板。”

“我们整个球队要密切配合，协力作战，利用虚实两个阵势，让对方摸不到我们的虚实，我们就有获胜的希望……”

因张国成从小学开始，就参加篮球赛，并经常获得学校青少年篮球友谊联赛冠军，所以，他这个体育委员、篮球队长当起来游刃有余，在同学间树立了很强的威信。重要的是，张国成十分谦虚，总是默默地为大家服

1976 年，高中同学合影（前二排左一张国成）

务，深受大家的喜爱。有什么问题，大家都会向他请教、找他帮忙。那次，他们几个主力队员正在操场上商讨、演练如何在本年度青少年篮球联赛中获得冠军时，突然一个同学急匆匆地跑到他们面前说：

“张国成，你快去看看，有同学打起来了！”

“为什么？”

“不知道啊”

“快去看看！”

“他打你，你觉得疼吗？”张国成见一个同学的下巴有一点红肿，另一个同学一只耳朵通红，并没有大碍，就逐个问他们，“他打你，你觉得疼吗？”

两个人相互看了看，当然都觉得疼。

“你们都觉得疼，为什么还要打呢？不能好好说呢？”

两个同学又开始相互指责了一番：

“是他抢了我的球……”

“他已经玩了很久了啦……”

“出现了问题，你们都在指责对方，你们有没有想想自己做得有什么不对的地方？从现在开始，都不要再讲话了，你们都好好反思一分钟，看看自己有没有过错，错在哪里，什么时候想通了，什么时候相互道歉。今后，不论出现什么问题，不要先指责对方，而是要先反思自己！”

两个同学听了，认为张国成说得非常有道理，就都不再讲话。他们在张国成的调解下矛盾很快化解，并和好如初。

还有，每次有文体活动，张国成都能组织得很好，体现出了他超强的组织能力。每次出发前，张国成会学着老师的口吻对大家说：“我们班集体外出，都要记得我们是一个班，不能给班级抹黑丢脸。”

他们班队伍排得都非常整齐，口号也十分响亮，并没有嘈杂声，大家的集体荣誉感也非常强。

2010 年，常州二十四中 76 届高中 4 班同学与夏文宾老师再次相聚（前排左四张国成、左五夏文宾老师）

1974年夏收时节，他们班集体到武进滆湖五七农场支农，进行劳动体验。期间，更是体现出了张国成勤劳、互助的精神。

那段时间，白天骄阳似火，气温达到三十七八度，刚走进田里就是一身汗。

“刚才大家都学会了收割稻子的基本方法了吧，大家一定要注意安全，特别是割稻子的同学，割的时候要握好镰刀，防止镰刀滑走，割到自己，捆稻子的，推车的都不要着急，更不准嬉戏打闹……我们分五个组，看哪个组成绩最好，会有奖励的……”夏老师嘱咐大家注意安全事项、奖励办法后，大家就来到了黄澄澄的稻田边。

“好热啊，太阳真毒！”同学们在田埂上议论纷纷，还没能从教室转变到稻田时，张国成已经在田里弯着腰挥起了镰刀，哗哗地割起了稻子。

“大家看看张国成，他还是割稻子能手啊！”

其他同学见张国成已经开始劳动了，每个组也派出了镰刀手。

经过一天的劳动，大家有的都累得躺下了。饥肠辘辘的他们，吃起饭来狼吞虎咽，虽然都是一些简单的青菜、团子之类的饭。他们要是谁带了鸡蛋、肉片什么的，那可是美味佳肴，这些荤菜一般只有在逢年过节的时候才能吃得到。张国成若是哪次从家里带了肉片、鸡蛋什么的，就会分享给同学们吃。这个习惯，他在幼儿园时就养成了，他可以忍受馋虫将饼干留给弟弟吃。艰苦的日子让他磨炼得沉稳、有爱心、懂分享，以至于高情商。同学们有的吃自然开心，那吃相跟两三岁的孩子一样。

饭后，张国成还会帮同学们将长条椅子排在一起摆好，那就是他们晚上要睡的床了。

大家都进入梦乡以后，张国成才美美地睡去！

张国成，从小都懂得孝敬父母、从小都知道尊重师长、从小都十分重情重义、从小都舍得分享……这些家庭的观念、做人的道理、处事的理念，从小就一直伴随着他。由此，他的路也越走越宽敞、亮堂！

第二章

绿色军营：练就超强执行力

第一节　一人当兵全家荣

“同学们，今天是1975年9月25日，我们的祖国即将迎来26岁的生日，我们作为一名高一的学生，都懂得了祖国的解放来之不易，今天就让我们载歌载舞，祝福我们伟大的祖国吧……”台下掌声雷动，张国成接着说，“第一个节目二胡独奏《光明行》由我们班的班花演奏，大家欢迎！”

教室桌椅已经摆成了月牙形，前面算是舞台。那位同学来到舞台中间面朝大家坐了下来。她左大腿上垫了一块白色毛巾，将琴筒放在上面，左手扶琴杆，右手轻轻拉了一下弓杆，立即发出了“嘤嘤……嘤嘤”的声音，显得姿态优雅，神情自若。

演奏时，她仿佛沉浸在了那激扬的乐曲中。左手在琴弦上上下跳舞，右手富有节奏地拉送弓杆，眼睛微闭，上身不停地随着乐曲摇摆。

刚一结束就响起了不息的掌声。

“这是一曲振奋人心、旋律明快、气贯山河的曲子，全曲赞美了追求光明的勇士，就送给那些为祖国的解放而献身的勇士们吧……下面，请大家欣赏样板戏《红灯记》，由我们班男女同学混搭演出，大家欢迎！”

台下再次响起了同学们热烈的掌声。

张国成正在组织班里迎国庆文艺会演活动，在他的调动下，从节目准备到演出，同学们积极配合。整个活动中大家热情高涨，氛围活跃，会演

1976 年 2 月，张国成参军入伍

十分成功。这是张国成第一次当班长，也是第一次组织活动，为了组织好这次活动，他也下了一番功夫。先在班里统计，每个同学都喜欢什么，有什么特长，要排哪些节目，节目顺序如何排列，中间用什么样的主持词，怎样顺畅地衔接、过渡等，都进行了精心的准备和安排。

“张国成是厚积薄发的那种，随着年龄的增长，组织能力、协调能力也不断增强。当时，初中 8 个班到高中后变为 4 个班，初中升上来的有好几个班长，我都没有考虑。”夏老师接着说，“到了高中以后，我就毫不犹豫地选了张国成当班长。因为他能团结同学，集体荣誉感就是他的命根子。还有很强的服务精神，能吃苦，少说话，有什么需要通知的、体育器材需要整理搬运的这些事情他都带头做、抢着做。结果，真是没有选错，各方面表现都非常优异……”夏文宾老师告诉笔者。

时间匆匆，人生匆匆。每个人经历的每个时间段，路过的每处风景像是错落有致的山峰，都有着不同的美景和特色。

张国成高中即将毕业那年，因高考还未恢复，他们那届高中生高中一毕业就面临着走向社会。所以，张国成他们高中的同学像现在的大学生一样，非常珍惜高中的生活，都憧憬着美好的未来，也规划着何去何从。

“你毕业了打算去哪里啊？”一个同学问张国成。

“我想去当兵！”张国成说。

“当兵条件要求可高了，大家都想去当兵，身体条件不说，关键是名额有限。”

“是的，今年冬季征兵通知我看了，我们学校名额不多，不过我已经报名了，试试看，说不定能行！”

夏老师告诉笔者，因张国成篮球打得好，又是常州市青少年篮球队的队长，还是班长，后来被征兵办领导看中，如愿入伍，成了一名人人羡慕的军人。

这期间，张国成是不知道自己能够顺利入伍的。从他报名、体检，到接到通知，着实期盼了一段时间，有着跟现在的高中生期待着领到大学的通知书一样的心情。

1976 年 2 月，张国成兴奋地收到了常州征兵办发出的入伍通知书，他默默地读了起来：

入伍通知书

张国成 同志：

你坚决响应伟大领袖毛主席和党中央的号令，自愿参加中国人民解放军，保卫伟大的社会主义祖国，这是很光荣的。现批准你入伍。望入伍后，更加刻苦地学习马克思主义、列宁主义、毛泽东思想，全心全意为人民服务，永远沿着无产阶级革命路线前进！

江苏省常州市革命委员会征兵办公室

1976 年 2 月 10 日

同年2月28日，张国成和年级里其他班的21位同学都穿上了军装，他们列队整齐，先到常州卫校与大部队会合，最后形成了一支580名外加10名女兵的新兵队伍。

在火车站大厅，准备共同奔赴军营。他们都依依不舍地与亲人告别。放眼望去，亲人、同学们夹道欢送，队伍比他们大多了。有的母亲舍不得孩子远去，还在悄悄地抹眼泪呢！

父亲话不多，嘱咐张国成说：

"穿上绿色的军装就是军人了，是国家的人了，在部队要好好锻炼，听领导的话，今后好成为有用之才，为家乡、为国家增光。"

"爸爸放心，我会听领导话的！"张国成扶了扶军帽，敬了个军礼，神气地说，"我一定会全力以赴的。"

"这个带着，到车上分给大家尝尝！"张国成的妈妈提了一包好吃的塞给了他，并将他胸前的大红花扶正。

"谢谢老妈，还是老妈好！"

"正经点，像个军人的样子，衣服在包里，那边肯定比这边冷的，别忘了添衣服！"

"是！"张国成对着母亲又是一个军礼。

张国成知道，父母、兄弟、姐姐都舍不得他离开家乡，所以踏上火车前，尽量制造一些欢快的氛围，免得像其他的家属一样，控制不住自己落下眼泪。

张国成踏上火车时，还听到母亲说：

"到了别忘了写信啊！"

"好的！"

直至火车驶离常州，欢送的队伍才陆续散去。

第二节　绿色军营第一天

第二天早晨，将战士们叫醒的是一缕缕温柔的阳光，还有那列车有节奏的“铿锵铿踯”的歌声。这趟列车会把他们带到解放军沈阳营地，路上都要用 3 天 4 夜的时间。张国成是新兵入伍前路上带兵班长，一路上虽然条件比较差，坐的是货柜箱式火车，只有车顶射进一束阳光，但他们 22 个同学组成的新兵队伍，还是兴奋了一路，歌声一路。

列车沿途，在军供站停靠，大家填饱肚皮，继续向东北进发。

张国成在疾驰的火车上，对着一面小镜子，认真地看了看自己。穿上军装的他，格外精神。同时，他对自己也进行了一番沉思：“昨天我还是一个学生呢，今天一下子就变成军人了。那军装上的肩章不再是单单的肩章，而是实现自己青春梦想的象征，更是军人沉甸甸的责任。”

列车最后一站驶进了营地。

因新兵们坐的是封闭式车厢，看不到外面的景观，甚至不知道自己的具体方位。张国成带着新兵打开列车大门，走出车厢还未感到刺骨的寒风前，顿时被眼前的景色吸引了：

雪天冰地，到处白茫茫的一片。近处的营地，马路边上、营房房顶的积雪足有半尺厚，操练场上写着官教兵、兵教官、兵教兵等标语；远处的山脉，绵延不绝，浮在天际，与湛蓝的天空相接。一不小心，就会误认为那白白的山头是飘在蓝天上温柔的朵朵白云。

营地地处长白山山脉的一侧，看看这名字就知道了。长白山基本上都是白色，一直都有厚厚积雪的。长白山主峰有“千年积雪万年松，直上人间第一峰”的美誉。

你可以想象寒冷的程度了吧，那积雪比人的寿命都长。

张国成作为头兵，带着新兵来到操练场上。赵凤鸣连长已经在那里等候多时，见大家到来，客气地打了招呼，热情洋溢地讲道：

“欢迎新战友的到来，你们不远千里，从常州来到这里，大家一路辛苦啦。从今天开始，你们正式入伍，成为一名解放军军人，一名战士，要感到无限光荣和自豪。今后，让我们一起为保卫我们的祖国奉献青春和热血……”

第一天的军营生活也随即开始了。

“一屋不扫何以扫天下，我们作为后勤部队，要先从自身营地的‘小后勤’工作做起，然后再做好解放军的‘大后勤’，以保卫我们的祖国不受侵犯，报效祖国。”张国成在军队第一个接触密切的人就是他的老班长刘大忠，刘大忠接着对大家说，“我先跟大家演示一下我们军人起居生活的各项要求。第一项就是叠军被的要求。大家要晓得一个道理，我们想要叠好军被可不是一件容易的事情，很多事情看上去简单，要想做好就没有那么容易。如果压不实，叠好的被子里面有气体，像个面包，气跑了被子就会有塌陷，边上还会起皱褶，出现不平整的现象；如果压线不直，叠好的被子就不是方形的，出现梯形被子……叠好军被不仅是部队条令的要求，每天坚持，还能锻炼我们的意志，代表着我们军人的阳刚之气，所以我演示的时候大家要引起足够重视。”

刘大忠班长边说边演示，一条被子在他的手中三下五除二，一个传说中的神奇的“豆腐块”被子就出现在了大家面前。

张国成作为路上班长，入伍副班长，第一个学着班长叠被子。副班长

1976 年，常州新兵班战友合影

三排：高产明　何卫星　贾华军

二排：郭永勋　朱跃强　朱德明　高建平

一排：张国成　贾春友　刘大忠　刘正兴

1976 年，张国成与新兵集训班长刘大忠（右）合影

除了协助班长练兵以外，还要协助管理好一个班后勤方面的所有事务。检查宿舍的整洁度，东西有没有摆放整齐，被子有没有叠好等。不过这对他来说都是小意思，因为为了能够快速适应军队的生活，从报名参军那天开始，张国成就在学校开始偷偷地练习叠“军被”了。

只见张国成走上前，不慌不忙，手脚麻利地去叠。他想，以前在学校叠的被子根本没有刘大忠班长叠的好，方法也不对，今天看到班长叠被子，真是大开眼界。看来，不论大小事情，要想做好、做精致都是要讲究方法的啊。

张国成学着刘大忠班长的方法，先将被子拉展铺平，然后巧用胳膊肘压实，成型，再用手背、手掌进行轻按、竖切、抓卡等，迅速将被子叠好、整理成“豆腐块”，传说中的军中像刀切一样的“豆腐块”被子再次呈现在大家面前。

“好，好！”刘大忠直叫好，赢来大家一阵掌声。

第三节　跋涉廿里储蓄所

1976 年 4 月，柳绿花红，蜂唱鸟鸣。

张国成一大早就找到了部队通讯员战友，他怀里揣着十几封热乎乎的书信。这是他再一次给远在家乡的亲人和同学寄信，都是利用训练间隙、休息时间写的。

“早啊，我要寄信啦！”

“你打破纪录了，一次寄这么多啊！”

“哈哈，爸爸妈妈、哥哥姐姐、弟弟、老师、同学、球友，出发时都要求写信，都要寄，他们肯定盼好久啦！”

“正巧今天我要去邮局，将大家的信都寄出去！”

“好的，谢谢，谢谢，这样的话家里人就可以早几天收到信了！”

张国成在给父母的家书中写道：时间过得真快，我十分想念你们。从我正式入伍的那一天开始，从我穿上军装、戴上大红花的那一刻开始，我就开始履行一个军人的诺言了。我们班长说，当兵不是为了一个人或一个家庭的安全，而是为了我们国家千家万户的安全。我会在军队里好好服役成为优秀士兵，为家庭争光。老爸老妈，你们要保重身体，不要挂念我。我在军队很好。或许我当不了将军，但永远都会记着你们对我讲的每一句话，做一个诚实、老实、善良、正直、忠诚的士兵……

还有对球友、同学的信，都表示自己很好，虽然在军队时间还不长，但得到了很大的锻炼。自己变得更加坚强了。寒冷恶劣的天气将自己的鞋垫与大头鞋冻在一起、站岗时眨巴眨巴眼睛眉毛就冻在了一起、吃不好睡不好的事情，他都没有写在信里。他认为，这些苦是每个战友都要共同要面对的，都是正常的。

张国成将信交给战友后，算了一下，他在军营整整度过两个月了。

这两个月对于新兵来说都是最难熬的，严明的纪律、铁的军令都考验着他们的耐力和意志。军营的生活与学校的生活还是有很大差别的。在军队必须做到整齐划一、统一行动，高强度的训练、队列训练、障碍训练都是重中之重，必不可少的。不过，经过两个月高标准严要求的训练，他们才具有了军人的那种英姿飒爽。真正做到了行如风、站如松、坐如钟。张国成从小打篮球，体能超强，反应灵活，顺利克服了常规训练、体能训练、障碍训练等一道道难关；叠被子比赛中，张国成叠得又快又好，得到战友们的认可；做俯卧撑，张国成在战友们一次次加油声中不断超越自己；长跑训练中，张国成咬紧牙关，每次都会坚持到底，突破极限，充分展现了男子汉的血性。

5 月初，张国成和新入伍的战友们都领到了生活补贴。两个月他领到了 12 元的生活补贴和 2 元的高寒补贴，加起来 14 元。这是他人生当中的第一笔收入，回想起艰苦的训练、高强度的后勤工作换来了不小的收获，心里特别开心。他寻思着该如何用掉这笔钱呢？想来想去，想不到开销的地方，最后他决定将这些补贴存起来，补贴家用。

第二天，张国成与几个战友一起向离军营二十里开外的储蓄所奔去。

“你走那么快干什么，又不是打篮球！”一个战友问。

“哈哈，时间宝贵。”

“好不容易休息一下，还要那么赶。”

“最后一个到的，请大家吃饭！”张国成说，“大家觉得如何？”

1977年，张国成（前右）与部队战友留影

后排：刘正兴、王国丰
前排：吕建坤、张国成

刚才还磨磨蹭蹭的战友，瞬间被激活，很快走到了最前面。

“不会吧？为了一顿饭，你也是拼啦！”

张国成偷偷地乐了，几个战友有说有笑。平时需要步行近两个小时的路程，这次一个小时就到了。

到了邮政所，张国成一笔一画地填写储蓄单。

“你存多少？”旁边的战友探过脑袋问。

“全存了，放身上也用不着！”

“我用得着，放我这里吧？”

“别捣乱，再闹填错了。”张国成将填好的储蓄单和钞票递给了储蓄所的柜台人员。

“啪啪！”

随着盖章声音的传来，张国成接到一张 14 元的邮政所的储蓄单。

第四节　军队卓越三个一

“快点，快点，我们宿舍着火了，赶紧去救火！”

“什么？救火？”

大家还没有反应过来，都顺着战友手指的方向望了过去。

“大家不要急，你们跟我来！”张国成一看有个宿舍冒起了黑烟，对几个战友说，“你快去看看哪里着火了，你去准备灭火用的水。”

“张副班长，是炕，不小心炕烧着了。”还未等张国成他们赶到宿舍，一个新兵就从烧炕的地方跑了过来。

“不要慌，你赶紧将柴火移除灭掉！”

“灭掉了，已经灭掉了，烟还没有完全散掉！”

“我们去看看。”

“灭掉了，没有关系了！”战友们反应极快，那火刚起苗头就被扑灭了。

“还好，烟虽然冒得厉害，不过没有大碍，也没有什么大的损失。”张国成安抚战友朱跃强说，“不过也给我们上了一课，没想到烧炕还能烧出事情！”

“都怪我没有经验，没有清理干净灶头旁的柴火，一走神，转眼之间，灶头里的火与旁边的柴火连成了一片，也给烧了起来……”惹祸的新兵吓坏了，“张副班长，你惩罚我吧！”

"既然已经形成事实，惩罚你也不能改变什么。重要的是我们要找到意外起火的真正原因，你这一走神不当紧，差点将我们的老窝给烧掉。"张国成安抚闯祸的战友，借机跟大家说，"我们都要吸取深刻教训，做到举一反三。现在只是炕、是宿舍，是我们的老窝，大家仔细想想，要是我们军备物资出了问题，谁担当得起？没有经验没关系，遇到新问题不要藏着掖着，一定要将问题提出来，大家探讨，不要蛮干。今后，大家千万不能再麻痹大意了，一定要杜绝此类事情的发生！"

张国成尊重战友、安抚战友，跟战友一起面对困难的举动，以及平时刻苦努力，带头站岗、抢着搬运一吨多重的炮管、弹药等物资的表现，还有每天六点不到就提前起床打扫卫生、服务全班战士的表现，都是发自他的内心，同时也被营地的领导观察到了。

"张国成，我要损失一名大将了！"

张国成看着班长不说话，也不知道他葫芦里卖的是什么药。

"哎，给你说吧，你要去学习啦，我不是少了一个左膀右臂嘛！"

"学习？"

"是的，领导通知我，让你到师部教导队学习深造呢。"

"真的？"

"当然是真的啦，这事情还能开玩笑吗？"

"教导队"在中国人民解放军中一共设有军、师、旅三个级别，以轮训连、排干部和培训班长为主。学习训练内容主要包括战术、技术、政治、文化知识等。

张国成听到这个消息当然高兴，他入伍才四个月，部队就决定将他提干培训，在这么短的时间进入师部教导队学习，在他们营地还是第一个。

进师部教导队学习是所有士兵的向往。张国成到"教导队"以后，并没有丝毫的骄傲，而是像"教导队"队歌里唱的那样，严格要求自己：

精英教导队，百炼成钢。我们是祖国的热血儿郎。军事技术精，政治思想强，风雨无阻在训练场上。训练中我们特别能吃苦，处突中我们特别能战斗。刻苦训练，勇往直前，我们教导队的战旗永远向前方。刻苦训练，勇往直前，我们教导队的战旗永远向前方！

1976 年 11 月底，基于张国成在军队的优异表现，他被吸收为中国共产党党员。入党仪式那天，张国成与其他第一批入党的新兵战友排成一排，并举起右手宣誓：

我志愿加入中国共产党，拥护党的纲领，遵守党的章程，履行党员义务，执行党的决定，严守党的纪律，保守党的秘密，对党忠诚，积极工作，为共产主义奋斗终生，随时准备为党和人民牺牲一切，永不叛党！

第二个月，张国成被提为班长，开始带新兵。为此，他通过自己的努力，做到了三个第一：第一个进师部教导队进行预提班长、基层军官和士官的培训，第一批入党成为一名共产党员，第一批提为班长带新兵，这打破了他们连队的记录。

有一次在采访张国成时，提到军队的生活，他毫不犹豫地拨通了连长赵凤鸣、指导员贾春友、班长刘大忠的电话。让我直接采访他的老班长、老战友。电话中听得出来，他们都被张国成极高的军事素养所折服，语气中流露出骄傲。

1976 年，张国成（后排左一）参加师部骨干培训班学习时与战友合影

1976年，张国成（后右）在师部教导队学习时与战友合影

1976年底，张国成（前排左三）任班长职务后与全班战友合影

赵凤鸣连长在电话中激动地说：“那时候我们地方部队的兵都来自农村，大多没有文化。张国成那一批兵，在我们地方连是文化兵，大多来自江南城市。张国成他们都是高中生，充满书生气。但是，张国成素养很高，能够放下架子，尊重没有文化的士兵、战友，与他们抱成一团，这是非常了不起的。他还特别能吃苦，争当尖兵。做什么事情都抢在前面，运输一两吨重的炮管、六十多公斤的炮弹等军用物资时，根本没有书生气的样子，简直就是东北的汉子，力量惊人……篮球打得好，能力超强，是我们连的骄傲。”

指导员贾春友说：“张国成打球非常厉害，是路上班长。后来我们计划提干的时候，他为了照顾家庭，办了退伍手续，我们少了一名优秀的战士、一个好苗子。”

班长刘大忠说：“张国成比同龄人懂事、稳重，显得比较成熟，做事比较低调，通过打篮球跟战士建立了深厚的友谊！”

这些电话是随机的、无意间拨通的，几十年后的今天，张国成的这些战友都生活在天南地北，但得到的回答却都出奇的一致，那就是：张国成是连队的骄傲、连队的好苗子、连队的好战友！

第五节　军令如山不动摇

夜幕降临，营地四方静悄悄，大地梦酣。

“滴……嗒……嘀嗒嘀嗒……嗒嗒……嘀嘀嗒……”一声声紧急集合号划破夜空。军队有十几种军号，冲锋号最紧急嘹亮，紧急集合号不像其他起床号、开饭号、熄灯号等军号悦耳动听。它一响起，战士们不论在哪里，也不论什么时间，都要身背被包、扎腰带、一身戎装、精神抖擞地集合，并且全连的紧急集合时间一般只有三分钟，全营也不过五分钟。

张国成他们刚刚进入梦乡不久，紧急集合的号角响起。张国成第一个一骨碌爬起，喊了声：“紧急集合！”

全班战士应声立即进入紧急集合状态，迅速穿戴好军装，扎好腰带，背好背包。紧接着大家集合的“哗哗哗”的跑步声传进耳朵，时不时传来“一二三四”的口号声……整个营地的士兵几分钟内全部到了指定地点，黑压压地在那里报数。

此次夜间紧急集合，一方面锻炼夜间作战训练，以提高夜间战力能力。另一方面，加大夜战方面的突击，以提高部队的整体战力。同时，演练武器装备在夜间操作技能、军备物资运输反映能力，加强夜间组织指挥、协同动作的方法等。夜间有易隐蔽、易突击等优势，但也有观察、协同困难等障碍。

1977 年，时任班长张国成

“我们本次紧急集合，用时两分钟。接下来主要进行战术训练，要学会在夜间战斗的组织指挥、战斗动作以及勤务保障的方法，大家要按照夜战要求，结合实际情况，不折不扣地完成夜间任务。”

军人以服从军令为天职。

在夜间，张国成带着全班战士，配合其他战友，走进了山地，走进了长白山山脉的树林!

没有超强的执行意识，必将万事无成，这是张国成在军队总结的经验!

张国成说：“我在部队最大的收获就是战友情和超强的执行力……”

2016年，常州籍战友入伍四十周年聚会（前二排右一张国成）战友合影

第三章

灯芯绒厂：开源节流勇拓荒

第一节　金牌工厂驾驶员

1978年，在饱含诗意和丰收的季节里，安徽凤阳县小岗村18户淳朴的农民在土地承包责任书上按下了自己鲜红的手印，立下了生死状。确切地说，那天应该是1978年11月24日，这个“吃粮靠返销、用钱靠救济、生产靠贷款”的“三靠村”，以“敢为天下先”的胆识，成了“农村改革开放”第一批吃螃蟹的人。12月，党的十一届三中全会宣布中国开始实行对内改革、对外开放的政策。这场从农村开始的“改革开放”政策迅速在全国拉开序幕。

在同样的时间点，我国沈阳二道河山林里，上演着另一个动人的故事。一个20岁身着军装即将被提干的班长签下了自己大名，正式办理了退伍手续。经过两年多的军旅生活，这个貌不惊人的班长因为篮球技高一筹而大名鼎鼎，给战友和领导们留下了深刻的印象，并结下了深厚的友谊。战士们在山林里披星戴月的拉练、餐风饮露的军旅生活、肩扛手抬军用物资的场景，浮现在大家的眼前，他与战友离别的那一刻，泪水潸然而下。

两件事情，同一个时段，一边是农民按下手印，一边是军人签下大名。这种巧合虽然形式上有所不同，却预示着他们都将面临着重大的转折和巨大的变化。

那个年轻的班长就是张国成，当年12月底，他踏着改革开放的春风，从我国东北一路向南回到了阔别多年的家乡常州。

那个年代，人们吃穿住行，工作生活都比较简单。大部分地区还流传着“吃不饱的饭，干不完的活”的顺口溜。在穿着方面更加简单了，布料单一，以棉麻为主。颜色也单一，要么是白色，要么是黑色，要么是深蓝色。当时，如果有人穿了一件灯芯绒面料的衣服出门办事、活动，那是最时髦的事情，荣耀感、幸福感远远赛过今天买辆私家车。尤其是常州灯芯绒，当时年生产灯芯绒数千万米，品种达30多个，色号达500多种，出口达20多个国家和地区，被国家评为国家质量奖金奖，闻名大江南北，是一家名副其实的金牌工厂。

张国成在父母的言传身教下，从小养成了勤劳吃苦的习惯。退伍回到家乡常州以后，就马不停蹄地寻找工作，并将自己的简历送到了常州市灯芯绒厂。

常州市灯芯绒厂可是大家都想去的企业，谁要是能到那里上班，走路都是神气无比的。那天，张国成十分开心，回到家就跟爸爸张福生谈起了工作的事情：

“老爸，常州灯芯绒厂的领导看了我的简历以后，非常满意，同意录用，计划安排我到人武部当部长。”张国成开心地说。

“那你认为如何？”

“我当兵可不是为了到人武部上班！”张国成想了想说。

“这个正常的，见你当过兵，大家都会想着让你到人武部工作，这是人之常情，也是大部分人的普遍做法。”

“是的。”

“我觉得即便是到人武部上班，你也要从基层做起，不要好高骛远，懂得历练一下自己。不过，我还是建议你最好去学个一技之长，掌握一门技术，今后才有很好的出路。”

“是的，技不压身，学个手艺，用得着最好，即使用不到，也没有什么坏处！”张国成眼睛一亮说，“我去单位时，看到单位有两辆货车，那驾驶员从车上下来，十分神气，威风的不得了。”

“你想想灯芯绒厂的职工，哪个不是威风八面的。常州有车的也就大成国棉厂、刘国钧实业单位有一辆车，灯芯绒厂都有两辆车了，能不威风吗？”

“那是！”

经过商量，张国成决定先学技术，同时向单位申请从基层做起，并将自己的想法告诉了单位。

常州市灯芯绒厂第一个接待张国成的是劳资部门的主管夏美新。夏美新望着张国成开心地说：

“巧了，现在我们厂业务遍布全国及东南亚多个国家，加上改革开放的劲风一吹，我们厂的生意更加好了。单位各路人才都比较紧缺，你既然放着人武部领导的位置不去，非要去基层锻炼，要学开车，那就满足你的愿望，不过千万不能让大家失望，好好干。”

“夏主任放心，绝不会让你失望。”

张国成经过学习，顺利地成了常州灯芯绒厂的一名驾驶员。

第二节　远山呼唤另一半

20世纪80年代初，一部日本的电影像春天花朵一样，遍地开花。常州红星大剧院售票口旁边贴着《远山的呼唤》电影海报。几年来，从热映开始，检票口常常排着长长的队伍，他们都是看《远山的呼唤》的年轻男女。

快到检票口时，张国成从口袋里摸出一个火柴盒，然后从里面取出两张电影票。

“两个人！”

“进去吧！”检票员说。

电影票是张国成爸爸提前两天买的，特意藏在了火柴盒里。在同事一家到他们家做客吃饭时，就对张国成说：

“国成，送你啦！”

“什么？火柴？”张国成看到老爸给他一个火柴盒。

“你打开看看！”

“电影票，《远山的呼唤》，没想到啊，意外的惊喜啊，老爸你太好啦！”张国成打开火柴盒，眼睛睁得大大的，大声说。

“下午吃完饭，你们两个孩子去看吧，这可是很火的电影。”

“我听同事说过，一年多了，一直想去看的，太好啦。”

张国成和毛林梅走进了红星大剧院“星际厅”，找到位置后，他还沉浸在得到电影票时的场景里。

“你笑什么？”毛林梅看着张国成一直在笑。

“哦，没什么，想到老爸给我电影票的情景就想笑。”

“快开始了，开始了！”

电影院放映厅里的照明灯灭了，一道放映机的光束从大家头顶的上空射向电影大银幕，大银幕上很快地闪出“6543210……”

电影的情节进行得很快，大家一下子被电影片头绵延不断的山林、绿油油的牧场、五彩的晚霞、雷电的夜晚、借宿的男主角等场景所吸引。

《远山的呼唤》是由日本松竹映画公司于 1980 年初出品的一部剧情类影片，该片由山田洋次执导，倍赏千惠子、高仓健、吉冈秀隆等主演。该片讲述了风见民子这个善良贤惠的女人收留了逃犯田岛耕作，在他们之间发生的友情和爱情故事。

电影以男主角田岛耕作用女主角风见民子的手帕掩面抹泪，望向飞驰火车的窗外镜头结尾，成功刻画了小人物之间平实的生活及人性的真善美。

电影结束了，大家还没有反应过来，还期待着电影能够继续演下去，期待着男女主角能够团圆的镜头。可是电影的魅力就是要给大家留下悬念，放映厅的照明灯亮了，大家方才意识到电影结束了。

“太感人了！”大家对电影一阵褒扬。

“不错。”

张国成和毛林梅也被电影里的故事深深感动着。

“田岛耕作最后竟然落泪了，真是感人。”

“是啊，男儿有泪不轻弹。我觉得，还是他揍那几个坏蛋的情节给力！”

“你就懂得用武力，说得轻巧，你想想啊，一个逃犯，并没有失去人性，没有到处伤及无辜、去作恶，更没有自暴自弃，而是通过劳动活着，还与坏蛋打架，保护风见民子他们母子，这说明他的心地是十分善良的。后来被警察发现，他并没有逃跑。在他即将被关进监狱的时候，在他最落魄也是需要关心的时候，风见民子出现了，温情地递给了他手帕，放到哪个男人身上能不落泪？”

“是的，亲情、人情、爱情都在里面了，是蛮感人的。”

“你说得对，我觉得这部电影堪称完美，虽然不是什么大人物的故事，却深深地触动了人们最脆弱的亲情、感情的心弦！”

张国成被毛林梅的一席话打动了，越是回想，越是觉得电影有味道，自己怎么就没有这么深入地思考呢。

经过这场电影，张国成和毛林梅有了相互了解的机会。张国成 1958 年出生，一个哥哥，两个姐姐，一个弟弟。毛林梅 1959 年出生，7 个兄弟姐妹。都是大家子，都是排行老四，有很多天然的话题可以交谈。从那以后，他们相互交往的更加密切了，并相互产生了爱意，于 1984 年结婚。

张国成结婚的那个年代，常州各地置办结婚家具流行 8 大件和 58 个角，另加手表、缝纫机、自行车 3 样奢侈品。至于 58 个角，方桌算 4 个角，柜子 4 个角，各种家具的角加起来要达到 58 个。能做到购买 3 样奢侈品和 58 个角，再加一台星球牌收录机或雪花乱舞、条杠乱滚的黑白电视机，那经济实力就是非常强的了。那些流行的 3 样奢侈品和 58 个角，毫不亚于今天结婚女方要求的标准：一套好房子、一辆好车子。

当时不像现在，定制家具，包括定制衣服、包办喜宴等要比直接购买便宜。为了节约开支，张福生找来常州第一木业厂的师傅，为他的宝贝张国成结婚用的那间 29.5 平方米的婚房定做家具。再请裁缝到家裁几件结婚用的新衣服。更不忘将地面刷一层油漆，墙壁喷上壁画。整个婚房焕然一新，给人的感觉便是朴实、温馨。

结婚那天，书卷弄里充满了喜庆。大红喜字，迎亲队伍，嫁妆搬运，道喜亲朋，围观群众，个个都喜气洋洋。

在喜庆的鞭炮声中、小孩子欢天喜地声中、亲朋的道喜声中，张国成和他的另一半毛林梅进行了夫妻对拜，完成了结婚仪式，迈入了甜蜜幸福

1984 年，张国成、毛林梅婚纱照

的新婚生活。

结婚后，他们过着双职工生活。张国成在单位表现出色，一年上一个台阶。毛林梅在自己单位吃苦耐劳，勤奋努力，与张国成夫唱妇随，比翼双飞。

1985 年，张国成喜上眉梢，他的儿子张鹏出生了。张鹏的出生，给这个小家带来了很多欢乐和新的希望。

1991 年，张国成全家福

2015 年，张国成与毛林梅在大连金石园留影

第三节　脚踏实地建车队

在常州灯芯绒厂，张国成学到的第一门技术就是开车。提起学开车，头脑灵活、眼疾手快的他，大车小车都能驾轻就熟、得心应手，很快就取得了驾驶资格。并且与其做事稳重的风格相符，开车技术一流，又快又稳。

“开车该快的时候要快，该慢的时候要慢，一定要胆大心细。”张国成总结下来对刚到他们运输组的钱伟良说，“开车还要像中医一样，要学会对自己的车辆望闻问切，一定要避免开病车。”

“什么叫望闻问切？”

“望，出车前要观察车辆轮胎、油路等有无异常，轮胎花纹是否磨平、有无铁屑等，查看地面有无漏油现象，这些都是望。闻，行车中要注意车辆有无异味焦味等，听一听有没有杂音，还要查一查车辆保险等有无到期，更要爱护车辆，保持车辆干净卫生。一句话，车在人在，人在车在。”

“哈哈，你把部队里的那一套都引用到车上了。”

“哈哈，那是。”张国成说，“不跟你说了，我看车间他们有没有要帮忙的，我去帮忙了。”

“休息一会儿吧，就要出车了，还要去帮忙啊？”

“马上回来，都不耽误。”张国成又对钱伟良说，“今后你多跟老师傅学着点，石寿安、刘军、许建华、李志清、蔡奇安，他们可都是开车、修车老手。”

“好的。”

在常州灯芯绒厂，张国成以勤劳能干著称。他说完就来到了车间帮助同事装货，推拉平板车。

“谢谢，谢谢，要不是你帮助，我都来不及了。”

“顺手的事情，不要客气！”

“每次遇到来不及的事情，总有你身影，真的很感谢！”

“你拉倒吧，我去忙啦，要出车了！”

张国成开货车那是非常神气的岗位，大家都羡慕不已。不过，他没有趾高气扬，没有摆架子，能跟大家团结在一起，打成一片。

1981 年初，随着企业的发展，公司的大小货车、轿车由 1 辆增加到 2 辆、3 辆……但仍然无法满足企业发展的需要，大部分运输业务都要委外进行，不但费用高，而且效率低。为了克服这一问题，经过单位商量，当年决定购买一批新车，培训新的驾驶员，成立专门的车队进行管理，以节约成本，提高工作效率。在此背景下，常州市灯芯绒厂决定成立运输车队，由供应科管理调度。张国成技术过硬，平时工作勤勤恳恳，又能很好地团结同事，被企业委任为车队队长，负责组建车队的整个工作。

张国成这个运输队队长可不是那么容易当的。工作上第一个要解决的就是团队管理问题，这也是所有企业最难解决的问题，因为这是在管人，不像设备管理、也不像财务管理，只要有专业技术就行了。带队伍、管人那可是一件最能考验一个人各项能力的“活儿”。

为了提高车队人员“作战能力”，张国成除了对所有驾驶员进行汽车理论、技术操作培训外，还经常举办操作技能大赛、篮球比赛等活动，丰富职工业余文化生活，增强职工凝聚力、作战力。

当时，还有一个情况摆在他的面前。车辆买了一批，平板车也增加到了 30 辆，运输人员需要增加到三四十人，外部招聘无法满足需要，车队

1981 年，常州灯芯绒厂篮球队参加常州市职工篮球赛并获奖（前排中张国成）

人手严重不足。针对这种情况，张国成首先向供应科季主管反映，同时又向夏主管求助：

“夏主管，我们车队严重缺人！”

“我们单位现在很多部门都缺人手，外面引进新的，一下子又不能都上手，我们正在考虑，进行部门整合与调整，也有部门可以调出来的，看能不能到你们车队。”

“那好啊，欢迎啊！”

“你呀，不要这么快就答应，你想想啊，哪个科室的负责人会将优秀的职工调走呢，你要好好考虑考虑！”

“哦，有道理的，估计都是各部门最不看好的职工！”张国成思考了一下说。

“对呀，你反应真快！”

“不过，我觉得吧，职工难管，问题不一定都出现在职工一方。不管是谁，他们只要愿意，我都欢迎他们来车队！”

“那好，你这边就从一些部门调配啦？”

“没有问题！”张国成再次爽快地答应了。

1985 年，张国成任常州灯芯绒厂车队队长时，组织车队职工应知应会比赛

第四节　车队管理显成效

张国成、石寿安、刘军、许建华、李志清、蔡奇安等十几个车队的人员挤在一个小餐馆里吃饭，这是张国成个人请大家在一起聚聚的。

“我们这个车队开始五六个人，到现在将近 30 人，大家都是好样的，希望今后我们再思考思考，怎样把工作做到最好。”

“我来敬敬张队长，张队长会修车，还懂管理。自从我来到车队，不但学会了开车，还跟张队长学到很多东西。”一个从其他部门调到车队的师傅说。

“开始你最不服管，可是你根本说不过我，酒也喝不过我，还不服管，现在服管了吧？”

“真是服了，都把我喝到桌子底下啦！”

“哈哈哈……”

“不过说真的，以前领导不把我放眼里，我也不把领导放眼里，有点小矛盾。但是，到了车队以后，张队长根本没有队长的架子，还找我多次谈话，讲道理，特别尊重我，你说再不好好工作那是没良心。我这人，别人敬我一尺，我敬别人一丈。”

“你能支持我的工作，还将工作做得非常到位，我也有成就感！”张国成平和地对其他同事说，“过去的就不提了，英雄不问出处，今后大家努力工作，我们车队争取获得单位的先进班组。”

“大家不要光谈工作，来来来，共同举一杯。”许建华提议。

张国成通过有效的管理，丰富的职工技能、文体活动，加上一个个跟大家沟通谈心，将车队人员紧紧地团结在一起，大家都像是换了个人似的。谁都不知道张国成用了什么办法，将很多难管理的职工管理得服服帖帖。夏主管有时吃饭遇上张国成，就会问：

“张国成，我算是佩服你了，你是跟他们灌了什么迷魂汤吗，现在都干得那么起劲。他们以前可是不肯多干一点儿活的呀，还不服从领导的安排。你看看，现在有什么工作都抢着做，拉冰送布，废寝忘食，热火朝天。”

“也没什么。”张国成嘿嘿一笑。

“哈哈，还保密？”

“其实，我就是好好跟他们沟通，把他们当朋友看待，充分尊重他们。”

“就这么简单？”

“这还简单啊，当然，还要带头做，这也很重要。不过，要做到领导尊重下属，带头做，已经很不容易了，有几个领导能够真正以身作则呢？”

“也是啊！”

张国成带队伍的能力，大家有目共睹，同时也得到了领导的赏识。虽然车队开始时人数不是太多，但麻雀虽小五脏俱全。他总结出了一套自己的诀窍，采用阶梯式晋升、轮流式管理的办法，让车队每个队员的才能、特长、优势都能很好地发挥，工作积极性也不断得到提高。

张国成经过几年的努力，被推荐当供应科的副科长，分管运输车队。

平日，常州灯芯绒厂像个小集市，车水马龙，客商云集，保证物流的畅通对单位的发展至关重要。面包车、货车、板车，在张国成严密的组织下，井然有序，有条不紊。

“大家都注意啦，今天，我们任务非常重，时间非常紧，每一分钟都非常宝贵，所以，我们兵分四路，外贸的、内销的、百家桥仓库的、厂内配送的。我们每路都暂设一个组长，每组工作一结束，马上汇报，好及时派给大家新任务。另外，我再带一个机动组，哪里忙了到哪里。哪里闲了，队员立即加入机动组，这样我们运输队就形成了一股绳，效率就能提高。还是老规矩，我们多劳多得。”

“大家有没有听明白，我们兵分四路，每个临时小组有谁先做完的，加入机动组，哪里忙不过来了，就找机动组。”

“张队，这个办法好是好，有点像军事行动一样，你这是让我们一分钟的休息时间都没有啊。”

“等忙了这一阵子，我请大家吃饭，好好休息休息也不迟！”

“好好好，那赶紧分组吧，分完组就分头行动了。”职工听完，当然开心。除了自己的工资会提高外，还能吃上一顿好的饭菜。

为了让每个小分队出色完成任务，张国成将新老职工进行搭配，这样每路人马不但沉稳，而且充满活力，工作效率大大提高。果不其然，全天任务，还未下班就提前完成了。

一天，两天，三天……一年，两年，三年……张国成带领下的运输车队年年都能出色地完成任务，从不落队。

1985 年，张国成组织的车队职工参加技能比赛

1985 年，张国成组织的车队职工参加技能比赛

1985 年，张国成（左一）宣布技能操作比赛得奖成绩

第五节　崭露头角储运站

1983年，常州市灯芯绒厂调来一位新厂长，大家都亲切地叫他吴厂长。

吴厂长名叫吴产根，华东纺织工学院毕业，有颗高度责任感和惜才爱才的心。他到灯芯绒厂时正好50多岁，是一位敢作敢为的厂长。企业当年年产灯芯绒4000多万米，在他带领下，经过几年努力，增长了数倍。关键是，责任感非常强的吴厂长调到常州市灯芯绒厂后，对于那些年轻有梦想的职工来说那可是他们的福星，因为他调到常州市灯芯绒厂后着力实施的几个重要举措，对年轻职工的职业生涯起着分水岭的作用。他多次在领导班子会议上强调说：

“企业要发展，人才是第一位。企业要长远发展，人才梯队建设管理工作更是重中之重，我们要给有作为的年轻职工创造更多上升的机会，让我们的企业充满活力。经过我的初步调查，我们厂像张国成、胡士超等，敢作敢为，有思想、有想法，我们领导班子要给他们留些位置，给他们锻炼的机会……”

“年轻人是有活力，俗语说，嘴上没毛，办事不牢，太年轻恐怕不牢靠！”

“就是，我觉得要再观察观察，好好研究研究，毕竟提干不是件小事情！”

“他们才二十五六岁，不一定能吃得了多少苦，经验也不足，别到时候出了什么问题，撂挑子，到时就晚了，我也建议再考虑考虑！”

大多数资格老的、年龄大的领导七嘴八舌，他们不太愿意接受新鲜事物，一直习惯自己熟悉的工作，总按自己的老一套看待年轻人，因此，反对年轻人提干的占了大多数。这就给吴厂长造成了更大的工作压力。提携年轻人，干好了还好，若是搞砸了，对自己的职业也是非常不利的。

“这个话题，我们已经讨论过多次了。我还是认为要提携年轻人，我们能退二线的就退二线。毕竟，今后我们厂要靠他们年纪轻的一代。我们要给他们创造条件，提上来不是就不管了，要进行传帮带，给予积极指导，将宝贵经验、好的办法传授给他们年轻人，只有他们年轻人一代比一代强了，我们的企业才能长远发展下去……”

20 世纪 80 年代末，随着改革开放十周年的春风，国有企业体制改革的步伐不断加快和深入，在市场经济体制条件下，吴厂长顶着各方压力，在厂内大刀阔斧地推动自动化生产方案、年轻干部提携方案。另外，还大力发展第三产业，并在厂内率先实施国有企业深度改革，成立三产试点，大力发展常州市灯芯绒厂三产企业，拉大产业链条，安排人员分流，实现盘活国有资产，保持企业的竞争力和活力。

在领导班子会议上，平时埋头苦干、行事稳重的张国成，成了吴厂长极力推荐的候选人。他说：“虽然张国成平时不爱讲话，但做事为人正派，工作踏实认真，能够团结同事，我们运输车队在他的带领下从来没有掉过队、出过什么乱子。”

经过研讨，大家一致同意张国成担起常州市灯芯绒厂国有企业三产试点的全面工作。会后，吴厂长再次找到张国成谈话。

“搞三产，在全省乃至全国都是少数，我支持你，大胆去闯，做出个样子！我们企业面临着其他国企同样的问题，大家需要保增长、需要保增值，还需要突破国企内部管理及体制的瓶颈，找一条新的出路，争取将我们这个试点在常州做出品牌，成为常州的典范！”

“我觉得，我们要提高职工的收入，才能调动他们的积极性，使企业在竞争中站稳脚跟。”

“在三产企业的发展过程中，企业的定位是否准确尤为重要，只有进一步解放思想，不断开拓创新，选准企业发展的突破口，才能促进三产企业的快速发展。”

“是的，要是三产公司脱离我们母体单位还能生存的很好，那就成功了！”

“对的，你看问题非常准，目前其他地方的三产试点，脱离母体公司后基本无法生存。当然，他们三产负责人‘等靠要’的思想太严重，没有开拓精神，所以才无法生存。我们单位的试点，就看你的了，千万不能墨守成规，‘等靠要’的思想更不可取。”

“我们当然会全力以赴，首先对内满足常州灯芯绒厂的发展需要，提高职工的收入。对外，做好服务品牌，以特色服务项目为抓手，狠抓服务质量，就能发展得很好。当然，还需要吴厂长大力支持。”

“我当然会全力支持你，你成功了，也好让他们都看看。”吴厂长见张国成分析问题非常准确，又有大干一场的勇气，就满意地笑了。

1986年初，在吴厂长的大力推动下，在张国成的积极努力下，常州市灯芯绒厂二级工厂常州灯芯绒厂储运站正式挂牌成立，张国成任企业法人。吴厂长对新人的培育和提携，张国成看在眼里，记在心里。今后，他也要多培养年轻人、推荐年轻人。这不但可以让企业“后继有人”，还能让年轻人得到锻炼。他还记得吴厂长给他说过的三句印象深刻的话：“不要说鬼话、也不要乱评价；该帮忙的，能做到的，一定要帮；违反政策的事情不碰，这像220伏的电压，碰了要出事情的。”

常州灯芯绒厂储运站成立后，业务涉及汽车运输、汽车修理、汽车美容等多个模块，职工队伍一下扩展到了50多个人，都是由原有车队以及成立储运站时各个部门分流出来的职工。他们在张国成的带领下，对内服务常州市灯芯绒厂，满足企业发展的各种需要，对外打造服务品牌，满足社会各群体的需要，硬是开辟了一条崭新的路。

在储运站工作的职工收入一直攀升，尝到了甜头的员工更加团结。领导和同事对张国成刮目相看，更是羡慕储运站的职工。原本跟不上队伍的职工，在张国成的充分调动下，不但能出色地完成工作，还能千方百计地为企业着想。

第六节　重奖面前不动心

没有想到，常州灯芯绒厂储运站改变了原来职工的很多想法和观念。储运站发展很快，到1989年底时，已经有50辆车，并实现了真正的多劳多得，有的职工升职不说，收入翻倍增长。不过，这才是刚刚开始，更广阔的天地还在等着他们呢！

常州灯芯绒厂储运站成立后，张国成并没有满足现状，停滞不前，而是对内节支，对外开源，马不停蹄地又成立了常州月夜发展有限公司，也是月夜灯芯绒公司的前身。业务涉及汽车维修、汽车美容、商贸部、饭店、浴室等，在张国成精心打理下，企业日新月异，形势一片大好。

储运站作为常州市灯芯绒厂的二级企业，逐渐发展成了五个方面的业务。这五个方面的业务都发展得很好，除去各种开销还有盈余。储运站除了为常州市灯芯绒企业的发展添砖加瓦、提高职工的收入外，还成功为常州国企推行三产企业试点打造了一个的典范，成了其他兄弟单位学习效仿的对象。

1990年4月，阳光灿烂，春风拂面。

一天午饭后，吴厂长对张国成说：

“张国成，你们储运站搞得不错，很多职工值得大奖。你空了写份申请，我给你批一些奖金，到时去财务科领一下就行了！”

“好的，知道啦，空了就写！”张国成应了一句。

张国成说完，一个人向单位办公室走去。他心里清楚得很，虽然自己打理的二级企业为常州灯芯绒厂解决了很多问题，但那不是他自己的功劳，而是几十名职工共同努力的结果，自己又有什么理由去申领这笔奖金呢。

职工表现优秀，为企业作出了重大贡献，企业进行奖励，这是再正常不过的激励职工的办法了，所有企业都是这样做的。当然，职工也好，二级单位领导也罢，又有谁不是为了多领点年终奖而去拼搏、去争先进的呢？

俗语说天下攘攘皆为利往，年终发奖金本是一件好事，不过，很多单位因为奖金发放的多少而产生矛盾的事情也时有发生。很多职工埋怨单位，评先进不公啦、奖金发少啦等，产生不少麻烦。倘若一开始就不发奖金，倒是一片风平浪静。可是，张国成的表现恰恰相反，他不是嫌单位奖金发少了，而是根本就没有想着去领，财务也三番五次地通知张国成去办理申领奖金的手续，他自始至终都没有去申领那份对他的奖励。

笔者有幸采访到了常州灯芯绒厂的吴产根厂长，已是88岁高龄，吴厂长因身体原因很少出门，平时半小时的谈话就是长的了。可是谈到张国成，他竟然滔滔不绝地讲了近3个小时。

期间问吴厂长：

“多少奖金？”

“1000元。”吴厂长回忆道。

“那个年代的1000元，可不是一笔小数字，能顶得上一个职工近一年的收入啦。”

“差不多，很多普通职工的年收入也达不到1000元。”吴厂长说，“大家都感到很意外，还有发奖金不要的职工。”

张国成不为丰厚的奖金所动，像这样的事情令所有人不解，大家都做不到，也悟不透。

第七节　勤俭节约大管家

暮色降临，街灯点亮整个常州小城。一个酒店的包厢里，张国成几个同事相聚，杯觥交错，酒过三巡，大家畅谈正欢，乐不可支。

“来来……大家别光喝酒，多吃菜，多吃菜！”张国成一看，十来个人，一瓶白酒马上快结束了，很多菜还没有动筷子，就劝大家吃菜。

“张总，就你知道爱护我们这些兄弟的身体，你看他们几个，总想着让人家喝酒，来张总我得敬你一杯，这么多年，要不是你的正确领导，我的收入都没有老婆高，在家腰板都直不起来。”

“今天我们聚餐，没有领导，酒就这么多，做到零库存就行。还有，就算是你收入高了，也不要在老婆面前显摆，要尊重家人。”

“张总，你这点最令我们佩服，有领导的威风，没有领导的架子，真诚待大家，我们都很感动。”另一个同事说。

“人心都是肉长的，大家理应相互尊重。”张国成笑呵呵地说，“我们单位今年收入再次实现翻番，都是大家的功劳。”

“火车跑得快，全靠车头带，要不是你，大家根本摸不着方向。”

“说了不谈工作了，又绕到了工作上，我们是三句不离本行啊，来来来，大家喝一杯吧，然后都多吃点菜。”

大家呼呼啦啦站了起来，头一昂，酒杯全见了底。可是，桌上的鱼、虾、

1983 年，张国成（中）与灯芯绒厂老同事小聚

左起：葛福生　张国成　蔡顺林

1991 年，张国成与常州灯芯绒厂老同事于无锡灯展相聚

左起：赵明风　祝亚南　张国成

鸡、汤等基本没有动，哪怕是到了散席的时候，还有的菜根本没吃一下。

“服务员，这些菜想办法给我们装起来，我要带走。”张国成对大家说，“你们先走，路上慢点，我把剩下的菜打包带走，不能浪费。”

“张总，今天喝得刚刚好。”

“开心就好，早点回去吧。”

“你每次都将剩菜带走，不嫌烦啊？”同时撇了撇嘴，示意张国成看看那位未曾谋面的服务员。

原来，服务员满脸的不屑，显出鄙视的眼光。好像张国成将剩菜带走，就成了大家常常戏称的“吃不完兜着走”的人。

“你看着浪费，能过意得去吗？浪费才是最大的丢人。”

“张总，你总能说到人家的心坎上，那我先走啦。”

张国成提着饭菜，消失在夜色中。

这次聚会，有一位新同事在里面。他刚刚毕业，看到张总将剩菜带走，从情理上还没有转过弯来，他跟那位服务员一样，认为那是一件丢人的事情。直到十七八年以后，我们国家提出“光盘行动”的时候，他才突然醒悟，想到张国成俭省节约的优秀品质，才懂得即便是再有钱也要勤俭节约，企业发展得再好，也不能浪费，浪费才是最大的可耻。

第二天中午，单位门卫的午餐吃得特别香，平时他们可是舍不得开荤的。在门卫的眼里，张国成给他们带饭店的饭菜，可不是一件丢人的事情。

勤俭节约是我们的传统美德。张国成勇于“拓荒”，更倡导节约！

第八节　临危受命丝绸厂

20世纪90年代末，国家实行国企改革制度，成功让很多企业脱胎换骨，有了今天的辉煌。当然，也有一批国有企业在改革中失败，成为了历史。1998年，灯芯绒厂的张国成调到了天宁寺对面的常州丝绸印染厂。常州丝绸印染厂近千人，以丝绸印染、加工为主。

张国成调到常州丝绸印染厂任行政副厂长时，单位已经资不抵债，濒临破产。加上“退二进三”政策的实施，企业面临着搬迁。张国成经过对厂劳资、生产技术、业务等部门摸排，找到了企业萎靡不振的几个重要原因。第一，产品单一，业务面太窄。其次，生产设备陈旧，跟不上改革开放的步骤。第三，人才队伍比例失调，生产、技术、销售等管理机制臃肿，灵活性不强。

针对以上问题，张国成在生产办公会议上提出了自己的建议：

“我来单位时间不长，说得不足的地方，请各位领导提出宝贵建议，目的只有一个，赶紧让企业赚钱，让职工过上好的生活。经过我的了解，我们单位产品只进行丝绸印染加工，面太窄、太单一，我国改革开放后，老百姓生活丰富多彩起来，很多单位早进行了业务整合。生产设备、技术也存在不足，质量无法保障。还有，万物出自人手，我们企业缺乏年轻人才，后劲不足，活力不足。多方面的原因，导致单位目前的窘况。我建议企业更名，去掉丝绸限制性概念，扩大经营面，并成立二级三产单位，拉长业务链，分流有些部门富余人员。因为资金比较紧张，我们只能靠引进人才，改进生产工艺为主，引进先进设备为辅，让企业尽快走到正规上来，等今后企业有了经济实力，再引进高级人才和高端设备。”

“首先，我表个态，我完全同意张副厂长几个方面的提议。虽然张副厂长来我们丝绸厂的时间不长，但他的工作经验非常丰富，在常州市灯芯绒厂做得是风生水起，红红火火，为常州国企三产改革试点的排头兵，那是非常成功、非常了不起的。我们单位现在需要从两个方面进行大力整合。近期来看，成立二级三产企业可操作性比较强，这样有两个方面的好处，三产短平快、见效快不说，还能很好地分流一部分职工，减轻单位负担；从长远发展来看，需要拓展业务，引进人才、引进设备，让企业立于不败之地。下面大家都谈谈自己的看法，综合大家意见，形成一套成熟的方案。”丝绸厂的厂长说。

“我再补充一下，我们单位的产品今后想要立足，一定要做弹力布，做到‘逢布必弹’。另外，生产过程中，固体、液体等各种垃圾要引起大家重视，进行有效处理，以免对周围百姓的生活造成不良影响……”

“张总这个意见确实要重视起来，我们生产部门会进行落实。”

会上虽然有争议，但最后大家还是商定将企业名变更为常州东南印染厂，产品定位为“逢布必弹”，处理好生产垃圾污染问题，并大力引进人才、培养人才。

当年，大多数企业对环保意识还不强的时候，张国成看到生产污染的问题，就有了深思。说近点，职工在有异味的车间工作，对他们身体也会有伤害。说远点，一个单位、两个单位、三个单位……放眼全国，对自然环境是很大的威胁。因此，除了找生产技术人员外，他还在不停地找防污治污的高端人才和前沿技术。

定了方向，职工就有了奔头。

经过几年努力，常州市东南印染厂产品多达十几种，并成立了二级三

1998 年，张国成任常州丝绸印染总厂副厂长时，积极推进改革创新，组织企业业务人员营销培训

产企业，职工收入有了大幅提升，积极性非常高，企业显出生机勃勃的景象。

进入 21 世纪前夕，常州为加快经济结构调整，实施“退二进三政策”。鼓励生产企业从常州市市区退出，发展商业、服务业等第三产业，特别是常州城区重污染、能耗大、效益差的工业企业更要有重点、分层次、分区域、分时段地搬出市区。

这进一步触动了张国成内心的那根环保神经，认为处理好企业污染将是今后生存的底线，任何人都不能触碰。随后，他查阅了先进地区和国外的做法，深受启发。

1998 年，丝绸印染总厂全体营销培训人员合影

第四章

旭荣公司：独创『张氏理论』

第一节　东南旭宽合资忙

2003 年，冬已消退，冰雪融化，换来了生机盎然的春天。

俗语说一年之计在于春，常州市东南印染厂为了寻求新的发展，与台湾旭宽集团合作建厂。张国成负责筹建新公司的前期工作。为了能够早日揭牌生产，他亲自跑窗口办理相关手续：

“现在核名要多久才能取到核名通知书？”

“要一个礼拜。”

“那到时候，办营业执照还要多久？”张国成在常州市工商局办理企业核名注册事宜。

“要看材料是否齐全，半个月总能好！”

“有没有快点的办法，我们要赶时间。”

“材料全，时间会快一点，就怕材料改来改去浪费时间。”

“好的，这一条具体是准备什么材料，有什么要求，股东身份证一定要原件吗？”为了材料齐全，不跑冤枉路，张国成在工商局窗口逐条询问，都问得仔仔细细、明明白白。他还总结出了经验，当拿到各部门的材料清单时，都先搞清楚有什么要求，这样准备起什么材料、安排起工作来，都能无误地准备好。

筹建台资合资企业虽然没有什么困难，但手续繁多、程序复杂，张国

2003 年，常州旭荣针织印染有限公司创立，图为常州市工商局领导向旭荣集团总经理黄庄芳容颁发营业执照

成将各项工作所需的时间都摸了一遍。哪些可以统筹办、哪些可以交给下属办、哪些时间可以再压缩一点等，他都做了很好的工作计划。那段时间，他快马加鞭，常州市工商局、常州市发改委、常州市商务局、常州市环保局、常州市安监局等部门成了张国成常去的地方。为了第一时间完成筹建工作，张国成总是很早出发，争取第一个在窗口排队。有很多次，相关部门还没有上班，他就先赶到那里等候着。

这样一来，筹建合资公司的时间大大缩短了，张国成为企业能够早日投产、占领市场先机争取了更多的时间。

白荡宾馆彩旗飘扬，歌曲欢唱。

宾馆大门两侧摆满了花篮。常州旭荣针织印染有限公司揭牌仪式将很快在宾馆里举行。旭宽集团及常州旭荣领导早在那里迎候贵客的到来。常州市分管领导、台办等各部委的负责人陆续到来参加揭牌仪式。

“在这万物复苏、春暖花开的日子里，常州旭荣公司揭牌仪式正式举行，欢迎各位领导和嘉宾的到来，现在由旭宽集团总经理黄庄芳容女士致欢迎词，大家欢迎。”

黄庄芳容女士款款走到发言席，笑容可掬：

“谢谢各位领导、各位嘉宾在百忙之中参加我们常州旭荣公司的揭牌典礼。我们台湾旭宽公司自 1975 年创立，迄今已经走了近三十年。各类圆编针织布种是我们集团的主打产品，以质量、创新、快速反应为经营策略，赢得客商一致好评，业务规模不断增长。近年来，为满足百姓深层次需求，塑造旭荣品牌企业文化，常州旭荣针织印染有限公司应运而生。常州针织印染有限公司将应市场全球化之趋势，着力打造成集团的织造与染整生产基地、行业的标杆，为常州的地方经济建设尽绵薄之力……”

常州旭荣公司揭牌后，张国成作为常州东南印染厂的正式代表，参与管理合资企业。张国成明白，企业可以购置顶尖的设备、可以引进外部资金，但人们的思想、企业的文化要实现提升，做到真正融合还需要一段时间。

2003 年，原常州市副市长王正平、旭荣集团董事长黄信峰和总经理黄庄芳容共同为常州旭荣针织印染有限公司成立揭牌

乍一听，企业一夜之间变成合资企业了，似乎就进了保险箱，但这些都是假象。因为职工的思想都还没有转变过来，素质也没能一下子提高。旭宽集团先进的企业管理经验如何落地，企业如何实现盈利，还有很多工作要做，这也是对他的一大考验。

从那天起，张国成就提出全员学习，提高员工素质。同时，建议企业引进一批大学生，作为企业的新鲜血液，储备干部力量。

建议一出，得到双方的一致同意。由此，张国成夜以继日地奔赴全国多所纺织类大学，为单位物色各级人才，为企业的发展奠定了基础。并且，常州旭荣公司成立后，在客商、供应商、合作单位中取得了良好的信誉和口碑，第一年销售额就突破了1000万元。

“张总，在组建公司过程中，你可是立下了汗马功劳，现在公司得到各方的高度认可。不过，对于我们公司来说还处在投资期，处于亏损状态。但是也不能亏待了你，跟你商量一下你年终奖的事情，看发多少比较妥当！”

“公司还没有赚钱，工资都已经发了，还发什么年终奖啊，就不用发了，不用发了。”张国成诚恳地说。

“那不行，虽然公司没有赚钱，但是你为公司的付出大家都是看得见的，一定要发的。”

“不用发了，等赚钱了，再发！”

张国成执意不领年终奖，就跟他在常州灯芯绒厂不领奖金一样。但是，黄庄芳容总经理怎么会同意呢？对优秀的职工进行奖励，是公司分享文化的一部分，也是她的一片心意。

再三追问张国成不领奖金的原因，他思考了一下说：“奖金再多也是有限的，自己的能力和价值是无限的。不能用有限的金钱代替自身无限的价值，何况公司还没有赚钱呢。发挥我的价值，得到大家的认可和尊重，才是我的最大追求。”

第二节 求贤若渴打基础

进入 21 世纪以来，我国经济蓬勃发展，百姓生活丰富多彩。

吃穿住行，穿排在第二。大家早从改革开放初期的温饱问题转变成了多元化的、更高层次的精神需求。

台湾旭宽集团为了适应市场需求，做专做强企业，增强自主性，打造自己的品牌，2005 年企业集团开会讨论增资收购常州东南印染厂形成独资企业事宜。

“关于增资、独资的利弊我们进行了详细的分析，总体来说利大于弊。大家如果没有异议，我们决定增资，将东南印染厂的股份全部收回。”黄庄芳容总经理见大家都点头同意，继续说，“我们下面进行第二项议程，商定一下在大陆企业的定位、发展目标及相关工作。”

“大陆企业除了拉长、完善我们自身经营链，满足自身需求外，还应该瞄准大陆、东南亚等区域市场。我们经过对大陆市场的调查，现有的面料已经远远无法满足百姓深层次的需求，我们的产品要与国际接轨，为客商提供多元化产品。”

“是的，我们定位要准，不断创新，供应中高端产品，提供更加环保、更加时尚、更加健康的面料，满足百姓更高层次的需求。另外，我提议，我们要吸收张国成作为旭荣企业的骨干。”

“我认为没有问题，经过几年的合作，张总办事稳重、诚恳、大度，是可用之才。”

“是的，李协理说的没错。通过我的观察，如果张国成能够到我们旭荣公司上班，那是我们企业的福气。你看他一天乐呵呵的，像个弥勒佛。我会找他谈谈的，争取请他到我们旭荣大家庭里来。要是能成，我们就安排李协理督办大陆企业增资工作，全权交由张国成落实各项事务。”

“同意！”

“同意！”

旭宽集团公司会议刚结束，黄庄芳容总经理就开始联络、推动、落实会议中商定的各项工作，常州旭荣公司增资事宜也进入了日程。

黄庄芳容求贤若渴，亲自找到张国成推心置腹地交谈，希望常州旭荣企业由张国成全权负责。

2005 年是张国成的又一个转折年，进入不惑之年的他思索再三，最后决定旭荣增资形成台资独资企业后，继续留在旭荣公司。

张国成认为，一个企业离不开人才，他要为企业多收罗一些人才。于是，跟旭荣集团总经理黄庄芳容的心情一样，求贤若渴，很多大学里都能看到他的身影。

常州旭荣针织印染有限公司在河北科技大学就业指导中心招聘的席位上贴了单位介绍的海报，还有很多私营、合资、国有等优秀的企业也在那里设摊招聘。很多即将毕业的大学生也涌进了就业指导中心。张国成正在摊位上给现场咨询的大学生介绍企业的文化、企业的规模等单位概况，以吸引年轻的大学生到常州旭荣公司实习、上班：

“我们常州旭荣针织印染有限公司是台资企业，总部在台湾，大陆厂区在风景秀丽的常州，雕庄工业园内。常州旭荣公司提供具有竞争力的待遇，负责食宿。单位有完善的人才上升渠道，只要努力，你们的才华都能

2007 年，张国成在天津工业大学招聘人才

得到充分发挥……”

“我们去的话具体做什么？”

“我们单位技术、生产、管理等都需要，你们都是大学生，都要到单位进行轮岗实习，根据能力大小定岗定薪，做得好，今后单位会为职工提供成长空间、发展平台。”

“上班时间是怎样的？”

“今后分到管理课时双休，生产系统实行两班倒轮休制。我们单位完全按国家规定时间上班、休假等，并为职工办理相关养老、医疗等保险！”

张国成认真解答每个同学的问题。其中，好多大学生对常州旭荣特别感兴趣。他们正处于青春年少的阶段，充满活力。他们问道：

“单位是哪一年成立的？”

“东南印染厂成立比较早，有几十年的历史了，为了多元化发展，与台湾旭宽集团公司建立合作，成立了旭荣印染有限公司。今年，常州旭荣公司成为独立的台资企业。我们单位是最早专业生产弹力织物的企业之一，现在单位拥有阔幅染、卷染、印花等多条生产线，是专业生产各类纯棉、棉锦、棉涤氨纶弹力包芯织物的企业，在常州名列前茅，全国也是排头兵。”

张国成认真地解答着大学生们的问题，强调说：“独资后的企业，管理更加趋于规范，更加重视人才职业生涯的规划……”

“我报名。”

“我也报名……”

河北科技大学由河北轻化工学院、河北机电学院和河北省纺织职工大学合并组建而成，跨多个学科，可以满足企业需要。加上盐城纺织工学院、苏州大学等多所大学的学生，张国成成功引进了一批大学生。他非常关注大学生在公司的工作表现以及生活所需。

刘慧清就是其中一个，河北科技大学毕业，淳朴、稳重，为了让她切实得到锻炼，张国成就找到了她：

2017 年，张国成（右）与应届大学毕业生现场交流

“刘慧清啊，你帮我搜集一些有关弹力布印染的资料，国内外的都要，越全越好，我要用的。”

“好的，张总。你大概什么时候要？”

“一个星期吧，下周三给我吧！”

“好的。”

“对了……”张国成临走时，又嘱咐说，“你们趁着年轻，最好也能结合我们单位实际，写些论文，今后都用得到。”

“好的。”

“你现在年轻，一定要学到两个勤：嘴勤、脚勤。不懂的要多问……”

刘慧清听着，开心地答应了。她可能还不知道，最近一段时间，又陆续进了一些大学生，那都是张国成看准的。通过与他们交谈，对他们的专业、兴趣等都有了基本的了解。谁适合在什么位置上，基本不会安排错。现在他们在厂里都要从基础做起，轮岗实习，最后再定岗定薪。

结果，刘慧清果然不错，交办她的工作都完成得非常出色。第二个星期二，她就抱着搜集到的资料来到了张总办公室：

“张总，关于弹力布印染的资料我找了一部分，您先看着，我继续搜集。”

刘慧清将资料分门别类，一摞一摞、整整齐齐地放到了张总的办公桌上。有弹力布国内外发展史、弹力布印染注意事项等四大类。

“好的，谢谢你，我中午有空再看。”张国成发自内心地喜欢，笑呵呵地说，“你先去忙吧！”

张国成看着一批批大学生在单位得到锻炼、得到成长，心里就有了底气、有了希望。

第三节　环保大旗旭荣扛

常州旭荣针织印染公司成立后，当年就完成1000万元的销售，第二年就完成2000万元的销售，第三年完成4000万元的销售，2006年保守可以完成8000万元的销售，企业翻倍地增长，简直是个奇迹。

当然，在快速发展的同时，也遇到了诸多问题。2005年8月，省领导在浙江湖州安吉考察时提出“绿水青山就是金山银山”的科学论断。为了保护和改善自然环境，防治企业环境污染，避免给公众带来健康威胁，推进文明城的建设，常州城区、马路上也挂了很多“既要金山银山，又要青山绿水”的标语。

张国成早在1998年就对企业提出了垃圾处理和排放的要求，要求自己所在企业不断改进工艺，对废水等进行处理再次利用，争取做到零排放。当他看到这些标语时，更是引起内心的那根环保弦，他有一种强烈的预感：目前虽然国家还没有出台法律规定，但随着人们对自然资源的过度开发和掠夺，生态环境势必对人们的健康造成威胁。工业废气对空气污染非常严重，废水排放污染土地资源和水资源，包括伐木、破坏植被等这些现象迟早要得到大自然的惩罚。今后，国家也会出台相关政策进行干预。

果不其然，《中华人民共和国环境保护法》于2014年4月中华人民共和国第十二届全国人民代表大会常务委员会第八次会议修订通过，自

2015 年 1 月 1 日起施行。两年后，十九大报告强调：坚持人与自然和谐共生，必须树立和践行绿水青山就是金山银山的理念。并将坚持节约资源和保护环境定为基本国策。

于是，张国成在 2005 年旭荣公司独资后，就迅速向台北总部提议：

我们企业从 2003 年合资至今，每年销售实现翻倍增长，今年将实现 8000 万元。不过，也遇到一个难以克服的问题，也成了企业发展的瓶颈，一直困扰着我。我们单位现在在镇级工业园，其污水处理、固废处理等已经无法满足企业的迅速发展，这将成为企业再发展的短板，给企业带来诸多负面影响，甚至带来致命性的打击。

比如 2002 年云南省南盘江柴石滩以上河段突发严重水污染事件，造成上百吨鱼类死亡。前年四川一化工企业将大量高浓度氨氮废水排入沱江支流毗河导致沱江江水变黄变臭，氨氮超标竟达 50 倍之多，几十万公斤网箱养鱼死亡，直接经济损失 3 亿元左右。2005 年，吉林某公司双苯厂苯胺车间发生爆炸事故，造成 5 人死亡、1 人失踪，近 70 人受伤。爆炸发生后，约 100 吨苯、苯胺和硝基苯等有机污染物流入松花江，导致江水严重污染，沿岸数百万居民的生活受到影响。2006 年年初素有“华北明珠”美誉的最大淡水湖泊白洋淀，接连出现大面积死鱼，调查结果显示，死鱼事件的主因是水体污染较重……环保事件的接连发生，势必导致百姓的不满，政府的关注。虽然这些环保污染事件与我们相隔数千里，但是，我们一定要做一家有担当的企业，提前扛起环保大旗，为百姓着想、为政府分忧……

以上种种，迁出镇级工业园迫在眉睫。长痛不如短痛，我建议企业在第一时间内搬迁到常州天宁区标准工业园，标准工业园环境保护设施配套齐全，非常有利于常州旭荣公司的健康和长远发展。

旭荣集团公司本来就是一家有社会担当的企业，张国成的提议与旭荣公司台北总部领导不谋而合，立即引起高度重视，并迅速达成一致意见，决定扛起环保大旗，新厂建设项目也得到批准。

常州旭荣针织印染有限公司

绿色工厂

工业和信息化部
2018年1月18日

2018 年 1 月，旭荣公司获批工信部“绿色工厂”

常州旭荣针织印染有限公司

秋冬季错峰生产及重污染天气
应急管控豁免企业

常州市生态环境局
2018-2019

2018 年，旭荣公司获批常州市生态环境局“应急管控豁免企业”

2019 年，常州旭荣公司邀请社区居民、各界人士参观“绿色生态智慧”工厂

第四节　新厂选址青洋路

从常州地图上不难发现，南北走向的青洋路犹如龙城东部气贯长虹、腾空而起的一条青龙。

常州旭荣工厂在2006年选址时正好选在青洋路西侧，横塘河东侧，北塘河南侧，沪蓉高速青龙出口附近，是一块上好的风水宝地。特别是八年以后沪蓉高速青龙互通工程竣工，常州实现了对外交通和对内交通无缝对接，成功融入长三角两小时城市圈，旭荣公司的位置就更加方便了。

旭荣公司决定常州旭荣工厂迁出镇级工业园以后，为了能够在2007年顺利搬迁到天宁区标准工业园，张国成争分夺秒，跟时间赛跑。

他收集了工业用地转让手续、厂房建设开工手续、竣工手续、生产许可证等各个环节所需要走的流程和材料清单，整个过程里里外外牵涉到土地勘探、设计院、施工、监理等几十个单位和十多个主管部门的审批工作。总之新厂建设项目很多工作还相互交叉，审批时间不一。工作量大、任务重、时间紧，这就是摆在张国成面前的工作。单单取得土地权使用证的材料都要十几种，转让申请材料都需要一大堆，什么法人资格证明、委托书、身份证、土地勘探、评估等，还有土地立项申请、地质勘探等一本本的材料，最终才能获得土地权使用证、土地规划许可证、选址证明、红线图等。

张国成想，高楼大厦平地起，都是有一小块一小块的砖组建起来的，即使手续工作再多，也是由一个一个小的环节、一份一份文件组成的，只要时间安排妥当，一件一件地去准备、一个流程一个流程地去开展，前后工作做好时间节点的控制，就能快速完成任务。

“我们先将工作分为两大类，一类像勘探、设计、评估等专业性的工作交由专业公司去完成，一类像证件的收集、分类、报批等事务性的工作我们单位相关部门配合完成……”张国成在一次新厂建设项目专题会议上说，“我们每个人现有的分内工作已经很多了，新厂房建设像是分外工作，额外增加了大量工作。但不论是分内还是分外，我们一定要分秒必争。我建议，除了专门的人负责具体工作外，我们行政各课室也要抽调出机动人员，组成新厂房建设工作小组，每个成员要时时了解整个工作的进度，谁有空时都可以机动地协助相关工作。”

刘慧清毕业后就来到了旭荣公司，目前是环工课副理。她认真地听着张总对工作的安排，并沙沙地做着会议记录。她说：

“这个办法好，这样的话我们不但不会影响自己现有的工作，还可以帮助开展新厂房建设方面的工作。”

“对的，就是这个意思，我们只有挤出所有人的工间时间、休息时间，才能以最小的成本、最快的时间完成这项错综复杂的工作。”

张国成开完会议，安排好工作后，大家就开始分头行动了。

张国成将各项工作安排得井井有条，每天关注着土地使用权证、土地规划许可证等很多手续工作的进度：

“材料准备齐了吗？送到主管部门了吗？”

“审批要多久？时间可以提前吗？”

“有什么困难吗？需要什么帮助吗？”

张国成算好了每项工作大概需要的时间，快到时间点时就提前与办事的职工沟通，了解工作进度。办事人员一旦将材料报送到主管部门或窗口后，张国成赶紧再与审批部门或窗口进行电话联系，在材料齐全的情况下，希望能够加快审批。

很多时候，他要亲自赶到主管部门进行游说，恳请帮忙，争取加快整体进度：

“我们旭荣公司自从成立以来，连年实现翻倍增长，1000万、2000万、4000万，今年实现8000万都不成问题。企业发展势头强劲，扩大规模，能为政府纳更多的税，还能解决就业机会。”

张国成介绍了企业良好的发展势头，转而又摆出了企业的难处：“同时，企业也面临巨大的生存压力，市场瞬息万变，时间就是金钱，希望能够加快审批速度……”

为了加快进度，张国成也是拼了，四处求人，八方协调。土地使用权证的墨迹还没有干，他又开始忙厂房建设方面的各种手续了，像设计单位、施工单位、勘测单位、监理单位等早已到位，各项审批手续一到，马上就有了成熟的方案。

企业总设计方案、建筑物的施工设计图、厂房消防申报、建设项目的环境保护措施、方案申报和审批，建设规划许可证、施工许可证、开工许可证，等等，又是一大堆的工作。

2006年6月，经过大家齐心协力、共同努力下，常州旭荣针织印染有限公司新厂房动土奠基典礼仪式顺利举行。

奠基典礼现场，已经提前一天布置到位，包括项目介绍墙的竖立、各色彩旗安排、各种施工设备进场完毕，还有典礼用的案几、台子、红布、工具等。张国成给参加第二天工作的职工开了一个简短的会，安排好各自的工作，又到典礼现场核实了一下，并再次关注了第二天的天气预报，确保万无一失了，才松了一口气。

奠基典礼那天，阳光明媚，朝气蓬勃。

典礼现场彩旗飘飘，打桩机、吊装机、推土机都有序排放。旭荣公司、施工单位、监理单位的职工、领导，还有政府主管领导齐聚常州旭荣公司新厂区工地，共同见证了奠基动土时激动人心的时刻。

2006 年，常州旭荣公司新厂建设开工奠基

第五节　太湖蓝藻警报响

素有鱼米之乡的江南，风景秀丽的无锡太湖，在2007年5月爆发了严重的蓝藻污染事件，造成无锡全城自来水污染，导致生活用水和饮用水严重短缺，超市、商店里出现了桶装水被抢购一空的现象。

无锡太湖受到严重污染的事件迅速在网络上发酵，在全国闹得沸沸扬扬。国家和政府高度重视，形成环保调查组开展专项整治工作，对太湖周边的企业进行严查和整治。对一些环保意识不强、管理不规范的企业进行整改，对一些偷排废水、偷倒垃圾的违规企业进行严厉打击。这让太湖周边的企业应声倒闭了一大片，什么建暗管偷排的、运输偷排的乱象得到控制。

这件发生在五十公里以外的环保污染事件，为全国污染型企业拉响了警钟，也让身居旭荣集团常州公司高层的张国成寝食不安。他认为今后高消耗、高污染的企业一定要转型升级，将污染源有效控制、处理，做到零排放。

在太湖环保事件发生多年前，旭荣公司成立时张国成就提出了环保节能的设想，蓝藻事件发生后，张国成更坚定了自己的看法：一定要打造一家环保节能的高新技术企业，建设一家绿色工厂，否则，企业今后将无一线生机。

张国成第一时间向常州旭荣公司台北总部领导汇报，建议加快工厂的建设和搬迁工作，并提出了建设绿色工厂建议。

“同意，请加快新厂房建设工作，争取早日搬出镇级工业园。”张国成的建议得到快速回复和肯定。

为了加快厂房建设进程，旭荣集团公司总部安排李协理来到常州旭荣公司协调工作。

“张总，我到你办公室，不见你人。”

“这边热火朝天，不能出岔子，我在办公室根本待不住。”

“每个职工都像你，企业发展就不愁了。”

“你也是，刚来也不休息一下，路上顺利吧。”

“我要赶紧过来向你报到呀，哈哈。”

“哈哈，就你会说……”张国成继续说，“时间过得真快，李协理，这一晃又好几年了吧，你这是在东南亚转了一圈又回到常州来啦，还是跟常州有缘啊。”

“就是！”

“不过，有你在我肩上的担子可就轻松多啦！”

“你看看常州这边忙得不可开交，我只要不添乱子就行啦，有什么需要，你尽管吩咐！”

“哪里哪里，来指导指导还差不多。怎么样？东南亚那边生活如何？好像晒黑了嘛！”

“没有江南好，没有常州好，这不又回来了嘛！”

“我给你汇报一下工作，你看短纤车间已经建好啦。还有这个长纤车间，那里的仓库，综合楼再有几个月也要竣工啦，我们很快就可以搬厂了。”

“我听庄总说啦，还表扬你呢，说各方面工作都是神速。”

“哈哈……”张国成乐呵呵地笑了笑，转头又对李协理说，“无锡太湖污染事件你知道了吗，真是不可思议，有很多企业管理不规范，都被关掉了。”

“知道了，看来你的很多看法都是十分超前的，我们搬厂是对的，那边配套设施十分有限，污水处理能力也明显不足，没有办法满足我们单位高速发展的需要。”

“是的，你看好了，国家对环保的要求会一年比一年严格，我们要建造一家绿色环保型的工厂，否则很难生存。”

“好的，要有切实可行的方案，将我们这个厂打造成集团公司的标杆，东南亚的绿色生产基地，这也是集团公司长远的规划。”

“好好好……走去办公室，我将很多节能、环保、绿色工厂的方案给你审核，你再提提建议，我们决不搞面子工程，不能流于形式，将很多好的想法落到实处！”

张国成副总、李文杰协理，他们两位领导坦诚相待，密切配合，在工作、生活方面都是黄金搭档。

第六节　站在塔尖筑厂基

“张总，正要找你呢！”一个40多岁的中年男子在办公室等着张国成，见到他就说，“张总，整个厂区的地基方案出来了，这代价高啦。”

张国成刚进门听到了地基方案，旁边的李协理还没有听懂。

“有多高的代价？我给你介绍一下，这个是我们旭荣集团台北总部的李协理。”又向李协理介绍到，“他是施工方的蒋总。”

张国成接着向李协理汇报到：

“李协理，我们正好可以商量一下这件事情。我计划将整个车间、厂区的地基抬高1米，至少要跟青洋路齐平，甚至高过青洋路路面。你可能不知道，常州江南多雨，我们这里地势总体较低。这样做有个很大好处，遇到大雨什么的，不会影响到正常的生产、交货等。”张国成转头又问施工方，“蒋总，你看看整个要增加多少费用？”

“张总，要是都按你的要求，达到第一个车间地基的高度，我算了一下，单单这项就要增加近三百万元。你看我们常州这么多年也没有遇到什么大的雨水，要不要全部加高，你们再考虑一下。”

“好的，我跟李协理商量一下，向台北总部汇报，我会第一时间给你答复，其他工程你继续进行，不要影响进程。”

“这个你放心，我会到现场督促，先开展一些其他工作。这边我跟土方公司照常联系，让对方做好需要的准备，等你们定下来了，需要马上就可以执行，一分钟都不会耽误。”

“要的就是你这句话，那你先回去吧，我们商量一下，有结果马上通知你。”

“好的，那我先去忙啦！”

张国成再次跟李协理分析将地基加高的利弊：

“李协理，你看啊，我们为什么要搬厂？不就是要建设现代化的企业嘛。现在加高了，做到一步到位，就按多花300万……农村有句俗语，旱三年，涝三年，不旱不涝又三年，你想想，现在地基要是不垫高，因雨水进车间、仓库，那损失也是不可估量的。我们按现在的产值8000万算，一天的产值就20多万，很快就够本了，这还不算因雨水受到的其他方面的不良影响，重要的是我们能按时生产、交货，赢得的信誉等都是无价的。”

“现在公司资金也紧张，能省的钱还是要省的，加上环保设施的配备，各种都要增加开支。不过，我还是赞成你的看法的。”

“其实，我们只要在能省的地方省下来就足够了。你说的那些环保设施、环保项目，今后都可以将废气、废水等变成可以再利用的资源。我想现在我们一定要多舍弃一些，废水、废气再利用项目是多花了不少钱，但是，我们可以算一笔账，按现在的产能，两年节省下来的能源就能见效，两年以后，我们这些设施就能大幅度地降低企业的生产成本，提升我们自身的市场竞争力，还做到了节能、环保，废物再利用。若产能再增加，见效更快，所以我还是建议单位在条件允许的情况下，前期多投入些，有形的“地基”只是一方面，那些环保项目、节能项目、绿色项目，包括今后企业的文化才是企业真正的“厂基”之所在。特别是节能环保项目，将是企业的生存线，无锡太湖事件，国家已经给很多企业戴上了紧箍咒，我们不能等到事情发生了再去补救，我想，只要我们的这些‘厂基’都打牢、夯实了，今后定会得到健康、稳定、快速的发展。”

2016 年，常州旭荣公司获江苏省“两化融合”先进企业（左七张国成）

李协理早已经不再说话，他在拿计算机滴滴滴地计算着，他心中要有一笔账。他被集团总部派到常州，分管公司的财务、生产等，资金的整体分配都要均衡。新厂房的建设、应付款、工资，等等，都是他要考虑的问题。

“张总，你是不当家不知柴米贵，你说的是，一点没错，都很在理，我们狠狠心、咬咬牙，将这些‘厂基’打牢，我也算了，多花的钱最多三年，全部可以节省下了，到时候，我们的成本优势就十分明显啦！”李协理叹了口气说，“关键是我们要先筹到这笔费用。”

“李协理，我们整体费用不会增加多少，因为节能环保、变废为宝的很多项目之前都已经核算进去了。还有，有些项目我们可以投产以后再建，有些产品还没有上，有的项目甚至到一年后、两年以后再建也不迟，这样就可以缓解资金压力啦。我的建议是，现在要先将这笔费用算到总的费用里去，整体规划要到位，到时企业赚钱了才可拿出来进行环保项目的建设，将‘厂基’打牢。”

在张国成的建议下，经常州旭荣公司台北总部分析，认为地基填高、太阳能车间、节能环保、变废为宝、广揽人才、不断创新等“厂基”方案非常超前，有利于企业的长远发展，要全力支持，大力推进。

打牢“厂基”，按张国成的话就是解决百年企业的“后顾之忧”，这就是张国成的超前意识和超强嗅觉。他站在塔尖所看到的往往超越大家十年以后，甚至更久的事情。

2015 年，常州旭荣公司总投资 4000 万元人民币建设 6000 吨中水回用处理项目

2015 年，常州旭荣公司总投资 500 万元人民币建设烟气净化处理装置

第七节　二十五天迁工厂

这场“仗”打得太漂亮了，简直就是行业内的一个奇迹。

自从无锡太湖蓝藻污染事件发生后，张国成更是拼尽全力推进新厂房的建设工作，不到一年时间，就完成了厂房的建设工作。这还不算是什么奇迹，被旭荣公司台北总部、被业内称为奇迹的是常州旭荣公司的整体搬迁工作。

2007 年 8 月底，在旭荣集团常州公司厂房竣工前夕，张国成就召集公司行政、生产、设备、环工、技术、后勤等部门骨干开了一个企业搬迁的会议，要求军事化行动，任何人不得脱节、不得掉队。

“会议通知大家都看到了吧，今天会议要拿出企业搬迁的总方案。按计划，下个月初新厂房建设的阶段性工作即将结束，我们这边的生产设施、设备、仪器等即可陆续进去安装、调试。我们的目的是，用最短的时间完成单位整体搬迁工作，并且在对生产影响最小的原则下进行。也就是说，既要不影响生产，保障完成订单，按时交货外，又要压缩搬迁时间，以最快的速度完成任务。现在，大家预估一下，特别是生产、环工课、机电维修组、技术等部门，将统计出来的设备具体数量、拆卸、安装、调试时间等进一步细化，每一项工作都要有清晰的时间推进表，工作衔接表，才能保证千头万绪的搬迁工作顺利进行。行政部门要起到协同作战的作用，协调组织好每个小组的工作，全力配合，保障后勤工作。现在，大家有什么好的建议，都提出来，使我们的搬迁方案更加完善。”

“我们核算了一下，生产设备的拆、装、调试，差不多要两个月时间。”环工课朱凤喜说。

“我建议，为了不影响生产，先将不会导致停产的附属独立的生产设施搬走，还有检测类仪器、电脑等，这样即便要用，大不了到新厂区去，就不会影响生产。”环工课刘慧清建议说，“另外，我们做好协助工作，大家有什么需要，我们环工课全力配合。”

“是的，我同意，我们几条生产线，那么多生产设备，可以按工序分批拆卸。每个工序在拆卸前加班多储存点产品，这样前道拆时，后道工序还可以生产。同样，前道工序在新厂区安装好了、调试好了，后道工序在拆之前也备货出来，这样边拆边安装调试，就不用都停下来去拆、装、调试，浪费时间。”李协理说。

“时间上，两个月，太长了，肯定会影响生产。”张国成说，“要想想办法，能不拆卸的就不要拆卸，用大的板车整体移过去，这样可以省点时间。”

“即便是能不拆就不拆，从工作量上看，的确需要两个月。”

“正常时间要两个月，但我们将所有时间都用上，加班加点，不行两班倒，争取一个月内完成搬迁工作。”张国成想了想说，“刘慧清，你这两天将各部门统计的数据，全部理一下，搬迁计划时间表，按照之前的工作经验，能合并的、统筹的，就合并统筹，不能合并的，最长时间是多少，都清清楚楚地列出来，好了我们再碰头将搬迁计划定下来，搬迁前再开一次会，到时候分一下工。”

“好的。”

“散会吧，谁有好的办法随时提出来。”

办公室剩下了张总、李协理、刘慧清三个人。

“刘慧清，搬迁工作千头万绪，但一定要注意安全，你要做好后勤保障工作，不能有任何闪失。”李协理对刘慧清说到。

“一定要有条不紊，安全是第一位的。”张国成说。

“好的，到时我把安全事项也放到搬迁计划表内，提醒大家时刻注意安全。”

两天后，刘慧清将搬迁计划进度表送到了张国成办公桌上。

“张总，搬迁计划表好了，再审核一下。”

“好的，你先放那吧，我马上要出去开个会，回来后再仔细研究。”

张国成开了一天的会议，赶到公司时，职工已经都下班了。他反复地翻看着搬迁计划进度表，计算着每项工作需要的时间，心里推演着每项工作的流程。又做了很多批示。比如在大型设备搬迁一栏写道：车辆什么时候叫？谁来负责？在布料运输一栏加上：若是遇到风雨，谁来备遮雨布？

最终张国成向常州旭荣公司台湾总部汇报，计划 25 天完成企业的整体搬迁工作，并附了搬迁总体方案、计划推进表等。

“25 天完成一个针织印染厂的搬迁，完全不可能！”台湾总部也在研讨搬迁事宜，当看到张国成 25 天完成搬迁的工作方案时，都感叹说，“两个月搬完就神速了……”

然而，张国成胸有成竹。他从小喜欢打篮球，一直打到成为常州市青少年篮球队长，具有很强的组织协调能力，并能掌控全局。诸如先拆装哪些设备对生产影响最小、哪些人负责运输、哪些人调试、哪些人负责夜班，等等。整个搬迁工作犹如一台高速运转的发动机，张国成就像发动机里的润滑剂，所有员工全部精力都放在了搬迁工作上，日夜运转，与时间赛跑，

成熟的搬迁方案，加上极强的协调能力，再加上部队里紧急拉练式的执行力，这简直就是一次魔鬼训练。

“大家各司其职，没有出现任何差错。”职工刘慧清都不敢相信，“天啊，大家都被逼疯了，我们竟然 25 天将工厂整个平移到了新厂区。”

“你还感叹呢，我腿都走不动了，一点力气都没有了，站都站不稳了。”技术部的李亚萍说，“这次真的变瘦了不少。”

“我都不知道自己怎么熬过来的，简直是经历了一场魔鬼训练。”朱凤喜说，“我们部门是最忙的啦。”

企业完成整体搬迁后，职工们都不敢相信自己会有那么大的潜力，一鼓作气、连轴转的时候根本不知道累，可是等全部完成任务时才发现四肢都不是自己的了，手脚根本不听使唤。

长达近两个月的搬迁工作，在保证生产的情况下，25 天内完成，硬是将投产日期提前了一个多月。按当年完成的 1.2 亿的销售计算，意味着超额完成了 1000 万元的任务。他用行动、用事实为常州旭荣公司交上了一份满意的答卷。

“为什么那么拼？”笔者疑惑地问，“干完不就行了吗？”

“只有白天拼尽全力，晚上才会睡得酣畅淋漓！”张国成思忖了一下说，“企业职工有做、做好、还要对！就是要做到精致、做到别人无法复制。”

2007 年，配合政府太湖蓝藻环保整治行动，工厂整体搬迁 25 天完成任务，创造同行奇迹

2007 年，搬迁设备安装就位

第八节　全国雪灾考验过

2008 年 1 月元旦刚过，农历还在 2007 年 11 月。当第一片轻柔美丽的雪花飘到江南常州的时候，常州老小都为之兴奋、欢舞起来。

“下雪啦，下雪啦！”

“是的，常州很多年没有下雪啦！”

“要是下得大点就好啦，我们就可以堆雪人、打雪仗啦！”一些孩子望着天空飘舞的雪花，在公园里飞奔。堆雪人、打雪仗，对于生活在江南的孩子来说，那份美好、那个童话般的世界，只能停留在课本里、电视里。

第二天一早，这些天真的孩子如愿以偿了。可是那些看上去温柔的雪花，却齐心协力将加油站、厂房、公交车站台等不计其数的建筑物压歪压塌了，连同几十年的香樟树、桂花树等也一并压倒压断了。

城市交通瘫痪，学校、工厂放假，常州的孩子们可以尽情地堆雪人、打雪仗了……

不过，随着全国各地，包括上海、江苏、浙江、安徽、江西、河南、湖北、湖南、广东、广西、重庆、四川、贵州、云南、陕西、甘肃、青海、宁夏、新疆等 20 个省（区、市）均不同程度受到低温、雨雪、冰冻灾害的消息传来，人们都惊呆了。最后统计，因灾死亡的就有 100 多人，失踪 4 人，3 万只国家重点保护野生动物在雪灾中冻死或冻伤。紧急转移安置

166万人，还有农作物受灾面积1亿多亩，绝收的都有2000多万亩，倒塌房屋48.5万间，损坏房屋168.6万间，直接经济损失1516.5亿元人民币，森林受损面积近2.79亿亩……

“天啊，雪灾！”全国人民惊呼。

“几十年不遇的大雪……”

“百年不遇的大雪……”

报道越来越严重，最后人们悲情地将刀郎的《2002年的第一场雪》改唱为《2008年的第一场雪》。

只是，生活在江南的孩子开心了，他们终于在童话般的世界里生活了一次，尽情地在雪地上打滚、撒欢、堆雪人、打雪仗。

企业、学校等单位因雪灾放假的时候，常州旭荣针织印染有限公司却照常如初，车间机器轰鸣，办公室一片繁忙，根本没有受到影响。

“庄总，常州遭遇大雪，不过，我们没有受到影响，已经全部到岗，在正常生产了，放心。”张国成给旭荣公司台北总部庄总汇报工作，当时，他只是常规性地汇报了一下工作，也没想到会像后续报道的那样，竟然在无意中就克服了一场雪灾。

原来，张国成昨天下午3点多钟，在办公室望着大雪继续纷纷扬扬地下个不停时，他就细心地查了天气预报，并召集了办公室、环工课等部门的职工到他办公室开会。

“我看这雪一时半会儿不会停，要赶紧查一下我们厂房顶部的承重量，再算一下雪的重量，按现在厚度的一倍计算，做最坏的打算，不行就到露台上将厂房顶部的雪清掉。”

经过查阅设计图纸，计算雪的重量，大家认为非常危险，得出立即清雪的结论。

“刘慧清，你来组织清雪，整整一天的积雪，再下一个晚上，估计明天厂房顶顶不住压力就没了。”

办公室、环工课等部门立即响应。

“我们先做个小片的实验，看怎么清除掉积雪。”

“用水冲吧，先用水冲试试。”

他们就开始将水打到了厂房顶部，正巧被路过的张国成看到：

“千万不能用水冲，这个方法肯定不行，你们想一想，冲到雪上的水还没有流走就结冰了，你们再冲下去，屋顶马上都承受不住了！”

“对呀，张总说的对！”

大家最后决定爬到房顶上，将雪一点一点地扫下去。厂房顶部有数万平方米，这边扫着，那边又积了起来，那边扫完，这边又积了起来。他们在车间房顶顶着刺骨的寒风，冒着鹅毛大雪，就这样反反复复不停地清雪。

为了节省时间，还有职工将叉车改造成了铲雪车，地面清雪效率一下子提高很多倍，引起全厂职工的称赞。有职工还想出，能否利用蒸汽，增加房顶的温度，将房顶的雪融化掉。

“明天要是继续下，我们还要继续扫，这雪不能超过 24 小时，不然就很危险。”

“通知一下上夜班的，时刻关注着，及时清雪。”张国成对刘慧清他们说。

当大家第二天醒来，大雪封路，不少厂房、加油站压塌的新闻扑面而来，张国成以他缜密的考虑，让企业毫发无损。常州旭荣公司领导、职工连夜奋战，及时清雪，才度过了这次天灾，保证了正常生产，保证了正常交货，更保证了单位的信誉。

2018 年 1 月底，常州再次遇到大雪天气。面对这场雪，常州旭荣公司有了应对的经验，扫雪、撒盐等工作有序进行。晚上，几个职工清雪的同时，开开心心地堆了个大雪人，将雪人打扮得栩栩如生，像是在迎候大家上班。

第二天，张国成到公司以后，看到活灵活现的雪人，立马来了灵感，号召职工：

“在不影响公司工作的情况下，趁工间、午休等时间开展堆雪人创意大赛。”

“好的，这个主意好，可以给单位职工带来无限的乐趣，陶冶职工情操。”

“一等奖 1000 元，二等奖 800 元，三等奖 500 元……”

“太好了，我去通知！”

办公室立即去执行。

没想到常州旭荣公司堆雪人创意大赛得到职工的热烈响应，一天下来，各式各样的雪人呈现在大家面前。有的憨态可掬，有的活泼可爱，有的科技感十足。

这是一支对生活充满激情、有着美好追求，充满正能量的团队。他们积极、阳光、自信，不管是酷暑，还是寒冬，他们都能热忱地工作，充满欢笑，并能积极地笑对人生。

2008 年，员工及时清扫积雪，成功度过了雪灾，保证了企业正常生产

2018 年，旭荣公司员工在清扫积雪时，开展堆雪人创意大赛，丰富员工业余文化生活

第九节　金融风暴卷全球

俗语说，祸不单行。

当《2008年第一场雪》的歌声还未远去的时候，2008年的金融风暴席卷全球，到了2009年，东南亚更是重灾区。旭荣总部集团公司业务遍布东南亚，虽受到的影响不大，但仍需紧缩开支度过金融危机这个“寒冬”。

当时，常州旭荣公司科研大楼正在投建，后期建设加上科研仪器的购置、人员培训等，还需大量资金。

面对这场酝酿于2007年，爆发于2008年，发力于2009年的世界金融海啸，是继续建，还是收缩资金缓一缓建，成了常州旭荣公司的一个难题。

“经过研讨，我们决定延缓常州旭荣公司科研大楼的建设工作，以缓解资金压力，等度过金融危机后，再继续投建。”

张国成接到这样一个通知。他的第一个反应是，若单位延缓科研大楼的建设工作，可能会给大家造成一种错觉，让大家觉得常州旭荣公司也受到了金融危机的严重冲击，并给参观的客商、政府、银行等带来不良影响，成为人们的诟病。好事不出门，坏事传千里，大家一传十、十传百，或许真的会被这场对单位其实影响不是太大的金融危机压垮。

处于这种考虑，张国成将自己的想法和建议反馈给常州旭荣公司台北总部，希望不要延缓公司科研大楼的建设工作。

最后，科研大楼得以继续施工建设。

金融海啸刮进中国以后，国内很多企业，特别是有外贸业务的企业，像沿海城市遭到了海啸一样，受到严重摧毁，只能关门大吉。但是，人们的生活所需不会因为金融海啸就没有了，饭仍然要吃，衣仍然要穿，大家还要生活不是？如此一来，因很多企业萧条关闭，部分有需求的客商急了，他们原来的渠道断了，买不到货了。怎么办？赶快到一线去，考察新的、有实力的合作伙伴。这批客商像一股风一样，到很多厂家明察暗访。

金融风暴下，银行更不会掉以轻心。要是这个节骨眼上想贷款，门都没有。即便是贷款，也会将企业翻个底朝天。对已经放贷的企业，一定要逐家到现场摸查，需收紧的，坚决收紧，以渡过难关。

在常州旭荣公司生产不停、科研大楼热火朝天建设期间，就有各种客商到他们单位考察，只是常州旭荣公司根本没有察觉。

“常州旭荣公司厉害，其他单位的车间都是悄无声息的，他们忙得不可开交。”

“就是啊，你看他们这科研大楼还在建呢，工地一片繁忙，看来根本没有受到金融危机的影响。”

“我来拍一下照，回公司汇报一下，他们旭荣公司真是不简单。”

有两个 30 多岁西装革履的人在常州旭荣公司工地旁边嘀咕，正好被企业的保安看到了。

“你们是干什么的？我们这里不允许拍照。”

“哦，我们是张总的朋友，拍完照就走了。”

“张总的朋友？”

保安有点半信半疑，因为，最近总是有陌生人打着张国成朋友的旗号，在车间、工地转一圈就走了。不出张国成所料，旭荣公司咬紧牙关，科研大楼一片繁忙，生产车间机器轰鸣，成功通过了各个单位的明察暗访，客户不但没有减少，反而多了起来，平安渡过了那场席卷全球的经济危机。

第十节 包子汉堡创新观

“我建议单位申报江苏省高新技术企业，这样不但可以减免税收，重要的是对企业的品牌文化建设会有无形的帮助。”

“不知道符合条件吗？”一个部门的负责人问，“高新技术企业的条件要求可是很高的。”

“我初步了解了一下高新技术企业的条件，在知识产权方面，我们的专利足够了，创新能力、科研成功转化方面更没有问题，人才结构方面，也远远满足高新技术企业的条件，科研管理、企业管理我们比同行都领先好多年，我看我们旭荣公司各方面都能达到高新技术企业的标准。我还了解到，比我们差一截的都申报了，所以我们要有信心，按照高新技术企业的标准和条件去准备相关材料，争取申报成功。”

“能申报成功那就厉害了，间接证明我们企业的研发水平、创新能力是非常强的。今后在商务谈判中，我们只要带一些产品的获奖证书、公司的高新技术企业证书就可以了。”

一年之计在于春，一天之计在于晨。2009 年春节后，一次中层干部会议上，张国成建议企业申报江苏省高新技术企业。开始还有职工担心申报不成功，可是被张国成三言两语就给激活了。张国成补充说：“申报高新技术企业，说说简单，一句话，可是工作却牵涉多个部门，特别是办公室、技术部门、财务部门、设备部门，最好每个部门都抽调出来一个人，成立申报高新技术企业工作组，其他任何部门都要积极的配合。”

中层干部会议结束后，张国成让几个与申报高新技术企业相关的部门留了下来，他说：

“我们几个继续开会，将申报高技术企业的工作先大致分一下工。我已经找到了一份清单，申报高新技术企业的工作分为三大类九个方面。有高新技术企业认定申请书、企业资质证明材料、人员情况说明，包括企业职工人数、人才结构以及研发人员占企业职工的比例说明材料；还有一大类是财务，近三年财务审计报告，都要求税务部门盖章，工作比较烦琐；最后一大类是技术，三年内知识产权方面的专利证书及资料、科技成果转化资料、科研立项证明材料、研究开发组织管理水平资料、企业关于科研项目管理制度、企业关于研发投入核算财务管理制度等。第一大类由办公室完成，第二类由财务完成，第三类由技术完成，有时会有工作交叉，大家相互配合，有什么问题及时汇报。”

“我们建一个 QQ 群，这样有什么事情可以及时沟通，资料、数据也可以上传文件夹共享，有些数据填报起来就更快了，可以大大提高我们的工作效率。”

“好好，这个建议好。”

在大家的齐心协力下，2010 年常州旭荣公司成功取得江苏省高新技术企业资格。当常州旭荣公司领回高新技术企业铜牌的时候，张国成和他们的团队受到很大的鼓舞，认为大家的潜力是无限的，做任何事情都要充满信心。

关于常州旭荣创新投入方面，在第二年 10 月底迎来了一批重量级的客人。有中国纺织工程联合会杜钰洲会长、常州市委范燕青书记、台湾纺拓会叶义雄董事长等，他们是来参加常州旭荣公司研发大楼落成典礼暨旭荣质量检测中心开幕揭牌仪式的，并发表了热情洋溢的讲话、参观了常州旭荣公司重点创新研发项目“冷转移科技与样品室 VFM 系统”、国家级质量检测中心。

常州旭荣公司科研方面软硬件的大幅提升，让常州旭荣公司的研发创新能力得到了迅速提高和质的转变。

当然，常州旭荣公司申报一些科研资质、参加新品大奖赛等都不是最终的目的，只是为了从某个方面证明自己的创新实力而已，目的是为市场提供源源不断的绿色、健康、环保的新产品。为了加大科研力度，让新产品远远领先于国内国际水平，常州旭荣公司的各种研发费用不断攀升。这倒出现了新问题，税务局对高新技术企业审计时，提出：

“你们旭荣公司在研发费用一块有问题，原料支出的费用远远超出了常规，超出了合理范围，若无合理解释，我们将进行处罚。”

“啊，我们单位研发出的都是世界最前沿、最流行的产品，要浪费太多的纺织面料。”

“这不行，我们审计下来，查出这样的问题，你们要给出更有力的解释和证据。”

“这不是麻烦了，公司的信誉一直良好，要是受到税务局的处罚，负面影响不可小觑。”财务部门负责人非常担心，赶紧向张国成汇报，“张总，税务局在审计高新技术企业时说我们这三年原材料的费用太高，是前几年的数倍之多，超出了合理范围，要对我们进行处罚。”

“你跟他们解释一下，我们这几年新品研发数量是以前的数倍之多，重要的是我们保持国内国际两年以上领先水平。”

“没有用，他们让拿出更有力的证据。”

“交给我吧，我来处理。”

张国成第一时间安排技术部门收集一部分刚刚研发出来的产品，一起赶到了税务局，找到了稽查部门。

稽查部门的工作人员被张国成的架势惊到了，带这么多布料干什么，难道是向税务局进行兜售吗？

张国成乐呵呵地说："打扰了，给领导添麻烦了，我给大家解释一下我们常州旭荣公司研发费用中原料费用高的原因，我们单位主张'人无我有，人有我优，人优我精'的研发原则，十分重视产权保护意识，在印染行业几乎没有申请专利先例的时候，我们就提出来了，积极参与了专利的申请。我们旭荣公司还坚持全员创新，人人研发，以高质量、小批量、多品种、周期短取胜，以新产品、新材质、新时尚满足需求，靠提高附加值、引导市场来获得竞争优势，每年研发新型面料达3000多种，涵盖市场80%以上。你们看看这是我们这个星期最新研发的几十种面料，这些大豆、牛奶纤维等都是常州旭荣公司的新型纺织面料，用的原料十分昂贵……都是环保绿色产品，这些产品，超过同行业水平两年还要多。每种新产品研发不是一次性就能成功的，都要反复多次，浪费掉很多价格不菲的新型纺织材料……"

税务局的工作人员用手摸了摸那些薄如蝉翼、轻如浮毛的新型环保面料，都被面料的柔滑细腻程度惊呆了。

张国成继续解释道：

"以前是低端产品应对市场，现在是高端产品引领市场。我们对全球流行趋势提前做好信息的收集整理，为客户提供有价值的营销服务……我们向品牌设计师提供的面料已符合三年以后的流行趋势了……"

张国成边说边给税务局的领导介绍每种新产品的特性，并恳请支持常州旭荣公司大力搞研发、靠创新占有更多的市场份额，为社会解决更多的就业机会、为国家缴纳更多的税收。

没想到的是，张国成在税务局的"新产品研发说明会"起到了作用。税务局也为常州旭荣公司每年研发三四千种的新产品感到震惊，没想到会有这么强的研发力。

"如果是这样的话，一切就趋于正常化、合理化了。"税务局终于被张国成这种摆事实的讲解说动了，决定大力支持常州旭荣公司搞研发，不再进行经济上的处罚。

“所谓创新，本质上是不变的，只是形式上变了。”关于创新张国成有自己独到的看法，他举了一个很好的例子：“我们中国将肉、菜剁成馅，面粉做出皮，做成包子。同样是肉、菜和面粉，美国做成了汉堡。附加值一下子上去了，价格也比包子贵了好几倍。这充分告诉我们，大家一定要创新，在理念上、观念上……都要创新！”

常州旭荣公司有了创新的思想、观念、理念以后，新产品、新面料的储备量领先同行两年以上不说，还获得众多国内国际大奖：国际国内的创新贡献奖、学术贡献奖、技术创新奖等科技创新喜讯连连传到常州旭荣公司。2018 年，常州旭荣公司被认定为省级工业设计中心，2018 年度“提质增效、创新争星”活动中被政府评选为常州市 2018 年度四星企业。

这也充分证明了常州旭荣公司超强的科技创新能力和综合实力。

高新技术企业

证书

企业名称：常州旭荣针织印染有限公司　　证书编号：GR201632004266

发证时间：2016 年 11 月 30 日　　有 效 期：三年

批准机关：

江苏省科学技术厅　江苏省财政厅　江苏省地方税务局

常州旭荣公司被江苏省科学技术厅等认定为高新技术企业

2017 年，常州旭荣公司被江苏省经济和信息化委员会认定为工业设计中心

2019 年，旭荣公司环保立体波纹印花布、麻花三明治烧花布被中国印染行业协会评为优秀面料一等奖

2019 年，旭荣公司 C/T 双面提花活性印花布、C/T 台车布涂料印花烧花布被中国印染行业协会评为优秀面料二等奖

第十一节　心系职工一拖二

“张总，昨天我们家王春红不小心从四楼掉下来啦！”张国成接到一个急促的电话。

“啊，四楼，不要紧吧？”张国成听到这个消息非常担心，“现在哪里，我要去看她。”

“人没事，在医院。”

“这大过年的，人没事就好。”

张国成第一时间奔到医院，见人没事也就放心了。他关切地对王春红说：

“你安心养伤，需要用钱我们想办法。”

回到工厂后，张国成提倡大家为王春红捐款，他说：“王春红是苏北盐城的，来常州上班，工作上勤勤恳恳，人品很好，没想到会发生意外。发生意外并不可怕，因为，我们是一个大家庭，我们有几百名职工，只要人人都献出一点爱，她就能渡过难关。”

在张国成的呼吁下，大家积极响应，两天不到，捐款就突破了一万元。张国成又赶紧将捐款送到医院，解员工燃眉之急。后来工作后，张国成经常关心王春红，嘘寒问暖，职工王春红感动万分。

这是2005年正月的事情了。

这不是张国成第一次关心职工，也不是最后一次关心职工。他常常跟同事、领导、朋友讲，职工的事无小事。在企业大家庭里一万两万块钱可能不是一件什么困难的事情，是一件小事情，可是放在一个家庭里，可能就是解决不了的、迈不过去的大事情。作为企业领导，一定要善待自己的职工，让职工得到尊重，让职工感到企业在关心他们，是他们坚强的后盾，职工自然会全力以赴地去工作。

在张国成的办公室，时不时就会有职工以私人的名义请他帮忙。

“张总，有件事情想找您帮忙。”一个河北籍的职工走进张国成的办公室，开门见山地说。

“说吧，只要能帮得上，我尽量帮！”

“我和老公刚来常州，还没有稳住脚，经济条件也不允许，孩子就在河北老家跟着爷爷奶奶，现在到了上学的年龄，条件也好了，我想把孩子接到常州，跟我们生活在一起，也好在常州上学。”

“好事情，小孩子最好跟父母在一起！”

“哎，您都不知道，我找了附近两个小学，根本上不了。”

“为什么？”

“现在要求条件高了，要提供劳动合同、社保证明什么的。”

“这不是小事情嘛。”

“这都没有问题，关键是要房产证、常州的户口本，我们又没有买房，户口也没有迁过来，他们根本不收。”

张国成看小马越说越焦急，都快变成哭腔了。

“我听朋友说，只要有单位出面去学校协调，就可以上了。”

“哦，没事，只要单位出面协调就可以上学，那你就放心，我肯定去，你安心地去上班就可以啦！”

“太感谢您了，孩子爷爷奶奶年龄大了，带不了孩子，在老家不放心，要是能在常州上学，我们就不用回去了，也不用发愁了。这段时间报不上名，都几个月了，愁人得很了。”

“回去吧，我一有空就去，不管结果如何，都会尽快给你答复。”

张国成望着职工离开办公室，内心思绪万千。一名职工家中的事情处理不好，会直接影响到职工能否安心上班，看上去跟企业没有关系，却又跟企业密不可分。你能看到职工为了孩子，已经几个月都没有安心上班了吗？

2005 年之前，外地职工在常州上学还没有那么多要求，可是随着常州经济的不断发展，越来越多的外地人员选择到常州就业，从起初的几十万暂住人口，到 50 多万，60 多万，70 多万，80 多万，100 多万，不断膨胀，到 2008 年已经接近 200 万了。这就导致很多外地职工的孩子无法在常州上学。结果是，要么两地分居，让自己的孩子成为名副其实的“留守儿童”，要么职工辞职回家，照料孩子。这样的话，如果不解决一个孩子的问题，可能就会失去两个优秀职工，真是一拖二啊。

张国成吃完中午饭就去了青龙街道小学，找到学校办公室了解情况。

“你好，我是旭荣公司的，我姓张，我们单位有个职工的孩子想在这里报名上学，他们还没有来得及买房，办户口，说是上不了，我想了解一下情况。”

“哦，旭荣公司啊，我们知道的，福利待遇都不错的。”那人看了看张国成的名片说，“我们学校也遇到了很多难题，也是没有办法。一个原因是外地没有户籍的太多，之前没有计划，报名时一下子多了起来，容纳不下。另外还有一个重要的原因，原来我们也接收的，可是他们工作不稳定，有的半年，长的两三年就要走，流动性太强，给学校带来繁重的工作。所以，我们就收紧了，当然有你们单位做担保，肯定没有问题，毕竟是我们这里的大单位了，职工不会因为工作不稳定而转学。”

“那没问题啊，我们职工团队非常稳定的，那个职工他们都是大学生，素质很高，在我们单位很多年啦，社保什么的都缴纳的！”

“那没有问题，到时候让你们的职工带着证明，还有其他材料赶紧来报名。”

“谢谢，谢谢，非常感谢！”张国成连声道谢。

“不用谢，说实在的，一个企业的老总能亲自来，对职工这么关心，我们学校还没有遇到过。”

“谢谢，谢谢，那我先去上班，以后有什么事情电话联系。”

张国成像是给自己家的孩子解决了上学的问题一样，心花怒放地走出校园办公室，往单位赶去。当他将这个消息告诉职工时，职工高兴得跳了起来。

“你不要高兴得太早，我推断，今后政策会越来越紧，解决不了户口问题，就算是解决了上小学的问题，到上初中时还会遇到同样的问题。”

“哎，走一步是一步啦，小学六年呢，我们再想办法。”

“我教你一个办法，有条件咬咬牙，买一套房，不但可以解决上学问题，还可以住，也算是一种投资，听我的，绝对不会错。”

为了帮助职工，张国成后来建议所有员工，只要有条件就去买房，贷款也买，不要怕。那名职工包括其他职工听到张国成的建议后，陆陆续续买了房。当时职工花几十万买的房子，现在都涨到200多万了，他们对张国成敬佩得五体投地。

事情真如张国成料到的那样，外地子女在常州入学、上学的问题一年比一年严格。自从为第一个职工解决了子女上学的问题以后，找他解决孩子上学的职工也越来越多了。包括职工生病入院、家庭困难等，张国成忙得不亦乐乎，找学校领导、找教育局领导等。

总之，为了职工能够安心工作，为了常州旭荣公司团队的稳定，他这个工会主席也是拼了，眼勤、嘴勤、腿勤、耳勤、脑勤，四处求人，八方求援。

2010 年，常州旭荣公司组织职工年度体检

2013 年，张国成与职工进行文化分享

2013 年，张国成与职工促膝谈心

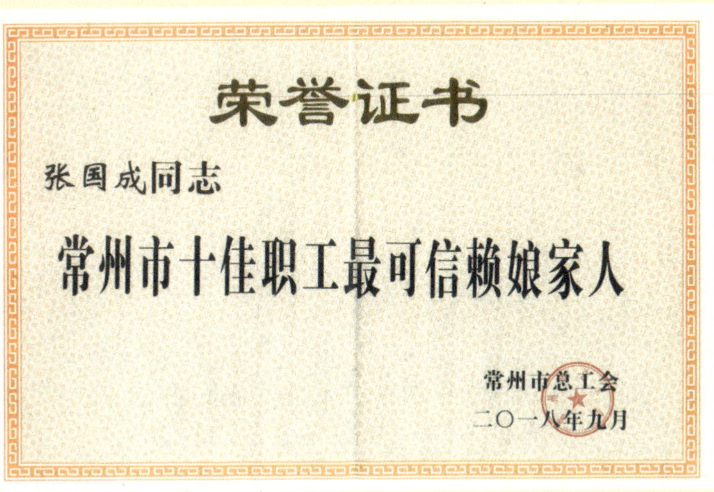
荣誉证书

张国成同志

常州市十佳职工最可信赖娘家人

常州市总工会

二〇一八年九月

2018 年，张国成获常州市总工会颁发的“常州市十佳职工最可信赖娘家人”荣誉证书

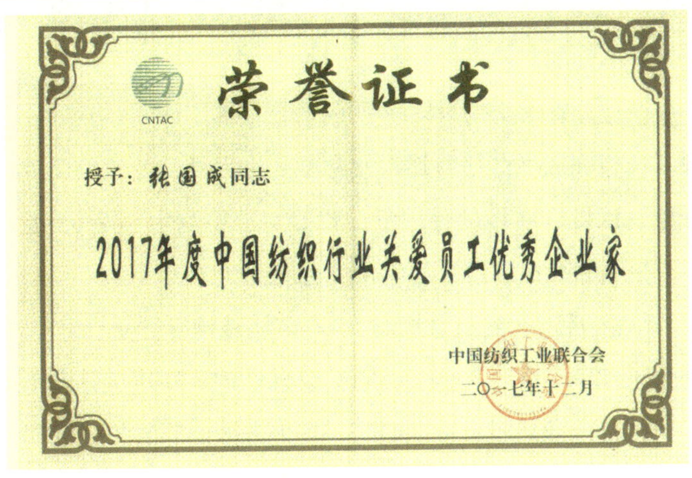
CNTAC

荣誉证书

授予：张国成同志

2017年度中国纺织行业关爱员工优秀企业家

中国纺织工业联合会

二〇一七年十二月

2017 年，张国成获中国纺织工业联合会颁发的“关爱员工优秀企业家”荣誉证书

第十二节　做完做好还要对

2009 年夏天，太阳像一个倒扣的火盆，烧得地面上四处冒烟，40 多度的高温，大家都快中暑了。在这个节骨眼上，再过几天，一个大的服装品牌商要到常州旭荣公司考察验厂，大家更是感到了天气的炎热。

王存山副厂长拥有多年生产管理经验，生产技术过硬，对职工非常热心，产品质量数量一直保持最佳，其个人也成为中国针织协会标准委员会委员。当然，他能够顺利地保质保量完成生产任务，与他的台湾女搭档蓝玉燕经理是分不开的。

蓝玉燕经理分管采购、打样、生产成本管控等工作，没有她的大力支持，王存山副厂长想完成生产任务那是非常难的。另外，蓝玉燕经理对员工要求非常严格。因此，在她的管理下，化验室、检测中心等 6S 现场管理方面成了旭荣集团的标杆部门，豁免 6S 检查。

他们两位相互配合，在成本控制、生产节能减排等方便取得了骄人成果。

这里面还有一个重要人物——周世荣总经理。周世荣是台湾人，开始在浙江工作，兼职常州旭荣技术顾问，在他有效的指导下，公司的生产、技术等水平得到大幅度提升。后来，周世荣调入常州旭荣公司任总经理。他胸怀大志，懂得放权。张国成勇于“拓荒、创新”，善于提建议，做到“献策不决策、参与不干预”，两人也是无间搭档。

总之，常州旭荣在“有做、做好、做完、做对”的理念下，从总经理到职工团结一致，拧成一股绳，劲往一处使，让公司处于领先地位。

即便如此高水平，张国成也不敢有丝毫懈怠，仍对全厂提出一定要按照6S的管理要求，再进行一次拉网式的整理、整顿、清扫、清洁等工作。

张国成检查这些工作是非常用心的。比如，清扫是否干净，不能看表面。单单桌面干净没有用，桌缝是否干净、柜子顶部是否清扫到位，他只要用手指一抹就知道了。

“张总，我们数得头晕眼花，数量还是没能对得上。”仓库的一名职工见到张国成说。

“仓库跟财务一样，仓库材料及产品明细账一定要相符，还要与会计账相符，要账账相符，还要做到账实相符。”张国成说。

“这个我们知道，你看账、卡、物都是清晰的。现在出现的问题是，我们点了很多次，实物4220个，比账上少了两个。”

“那不行，一个都不能少，也一个不能多。”

“数了很多遍了，1600多种物料，每种物料数据不一，我们头都数大了。”

“我们有做、做好、做完，还要做对。你数再多遍，结果是错的，不是徒劳吗？”张国成问。“你们怎么数的？”

“就是放在一起数的呀？”职工显得很委屈。

“这么多物料放在一起数，数着数着就犯困了，我教你们一个办法看行不行，你们分好类，用细线十个一串十个一串地串起来数，看看怎样？”

职工赶紧照做。

“哈哈，对的，一个不少！”职工烦闷的心情一下变得清爽起来，“谢谢张总啊，还是张总办法多。”

“下次，遇到问题，自己要多想几个方案，不是找我要答案，这样你们才能独当一面！”张国成嘱咐那个职工。

2012年，张国成（中）陪同国外客商参观公司

那天，张国成在车间巡视时，发现一个安全阀出现了问题，就去找相关负责人询问情况。

“安全阀昨天有没有检修完毕？”

“检修完了，都是好的！”

张国成将负责人带到了现场，指着出问题的阀门厉声问：“谁查的，怎么查的，什么时候查的？连事情都没有做完，别提做好了，三番五次地讲，我们每个职工都要有做、做好、做完，还要做对。”

那负责检修的职工，满脸通红。

结果，可想而知。有时候，糊弄别人就等于糊弄自己。工作生活中也是如此，你总是龇龇牙咧咧嘴，不认真地对待，那么，工作生活也会对你龇龇牙咧咧嘴，最后吃亏的还是自己。

张国成对带领的职工没有太多要求，只要有做、做好、做完、做对就足够了。当然，这个‘做得好’要是自发的，做到精致、做到别人无法复制。这是张国成反复在职工面前强调的，其实也就是一个态度问题，遇到事情，有没有全力以赴地去做、用心地去做。

国际品牌公司一行来到常州旭荣公司后，当他们看到摆得整整齐齐的一小串一小串的螺丝时，国际品牌公司的董事长不停地感叹道：“太厉害了，还没有一个厂的仓库能做到这么好的，连螺丝都一串一串的，我们看得清清楚楚、明明白白。”

本来还要考察多家企业的品牌商，只看了常州旭荣公司就定了下来，不再考察其他单位了。

工作不细致，方法不对头，像这样发生在事前还好，如果要是发生在事后，就会给企业带来很大的被动。

有一次，常州商检局、海关到常州旭荣公司对购置免检资质进行复查，发现进口设备与申报设备的类别不符，要对企业进行处罚。

这就是多年前职工报关时因不懂、不会、也不问给企业埋下的隐患。

2013 年，张国成（左）向国外客商介绍公司

张国成积极推进学习型企业建设，图为2013年张国成在现场指导工作

原来，当时船务报关人员因经验不足出现了误报，是典型的“有做、做完、没有做对”而带来的麻烦。因为，一旦受到处罚，常州旭荣公司在海关的信誉就会降低，由原来的免检单位降级成失信单位，就要对进出口的产品全部开箱检查。一个集装箱开箱检查的费用按1000元计算，每年出口量达1亿美元的常州旭荣公司，仅请人开箱检查的费用都要几百万元，还大大增加了时间成本。企业的信誉和经济都将受损，在出口业务方面给企业带来双重打击。

此事一出，张国成速到海关、商务局等部门进行解释：“各位领导，事情一出，我们单位十分重视，进行了自查自纠，经过了解是因当时工作人员经验不足，进口的设备与申报单中的几千个类别中的几个小类别都相似，他就自以为随便选一个相似的类别就行了，谁知道酿成大错。我们不是故意瞒报，瞒报不能给企业带来一分钱的利益，这是一次误报，当时公司和海关也都没有审核出来，希望能够给企业一次改过的机会……”

通过这些事情，张国成举一反三，他认为有时候工作做不好，不是职工不愿意做好，而是职工没有找到对的方法。从那时起，张国成就在公司推行学习型企业，管理、技术、生产、人事，各个部门都要不停地通过学习业务技能、业务知识等提升自己的价值，达到“有做、做好、做完、做对”的要求。

第十三节　举一反三生命灯

2010年5月底，张国成接到一个消防大队的电话。

“你是张总吧，我是消防大队防火办的。”

“有什么事情吗？”

“为加强各企业的安全防火意识，提高企业安全管理人员素质，进一步了解掌握火灾等突发事件的处理流程，懂得在遭遇火灾过程中该如何协调配合，增强人员在火灾中互救、自救意识，我们将在下个月安全月举行‘安全发展，预防为主’的企业消防安全管理培训，建议每个单位派出4–5人参加。让他们学会更多消防安全知识，在工作中，从发生的烟、油、味、色等异常现象上，发现火灾苗头，进行科学积极的处置，避免造成不必要的损失。”

“这是好事情啊，我们报名参加，那怎么参加，要多少费用？”

“培训是不收费用的，等会儿我发传真给你，有报名流程、时间、回执。”

“好的，好的。”

张国成挂了电话，陷入了深思。这些工作能不能举一反三，消防安全不应该局限于企业的安全管理部门，更不能流于形式，过于简单化。因为消防安全培训应该牵涉每个职工、每个人。企业内部能不能进行消防演练，让每个职工都懂得消防知识、安全知识，将这项工作做得更实。

从那年起，只要有机会，企业就会请消防队到企业进行消防安全培训、演练。于是职工学会了如何使用消防器材、懂得了消防隐患的排查等。包括交通安全培训、安全知识竞赛活动、健康培训等，企业都积极派员工参加，能请相关部门到公司的立即请到公司，现场为职工以身说法、演示。为了做好安全管理工作，张国成还设立奖项，表现好的，进行物资和现金奖励，极大地提高了职工积极参与性，树立职工的安全生产的意识，也保障了企业和广大员工的生命财产不受影响。

还有件事情发生在 2013 年 5 月。

当时常州青洋路高架北延工程正式启动。启动那天，机器隆隆声响起，工人们为整个工程打下了第一桩。

不到一个月，常州旭荣公司大门前的马路上就进驻了很多施工设备，加上常州梅雨季节，职工上班就成了大问题。

“张总，现在不是在修建高架吗，加上下雨，我们有个职工上下班时，因路面湿滑摔倒了。”

“谁啊，没有大碍吧！”

“人是没有大碍，只是腿上划破了皮，但是，这工程可不是一两天的事情，我还是有些担心，不能等到酿成大祸了再后悔。”

“对，我们都要学会举一反三，我也注意到了，一下雨那路就没法走了，我去找施工队，看能不能给我们修条便道。”

“好的。”

张国成很快找到施工方，跟他们交涉，要求为旭荣公司的职工修一条便道，保障职工上下班不受影响。

很快，一条安全的便道修到了常州旭荣公司的大门前。

第二年，青洋路高架竣工，青洋路恢复交通。人们走路从靠腿到自行车、电动车，再到私家车的普及，人们的出行发生了快速的变化。原本四车道的青洋路，宽度增加了一倍，双向车道由绿化带隔开，南来北往的车辆川

2017 年，为保障职工上下班和行人交通安全，张国成与交警大队协调，在工厂大门前专门设计安装警示灯

流不息。常州旭荣公司大门正临青洋路，加上新建的高架和马路中间的绿化带，又不逢路口，从马路对过来上班的职工就需要绕道走到路口，多行一些路程。即便是顺路，从主路到单位也需要经过绿化带的路牙，穿过非机动车道才能到常州旭荣公司。由此一来，不开车的职工为了省时间、图方便，就骑车逆行一小段路上班，很容易与其他正常行驶的行人、自行车、电动车发生小摩擦，当然开车的职工和客商进单位右转时若忽略了非机动车道上飞驰的电动车，也容易出现交通事故。

2014 年到 2016 年期间，总有些小磕小碰，有时车子坏了，有时脚扭了，有时手划破了等。公司针对这种情况，专门开会，人多车快，禁止逆行，上下班看好路。只是常州旭荣公司的内部职工管理起来容易，自己的客商也好间接地通知，可是，非旭荣公司的人员就没有办法管理了。

2017 年 10 月底，公司职工在外出时发生了交通事故。张国成经过了解，事故起因源于主车道上的车辆过快，不熟悉路况的驾驶员无法提前判断前面有常州旭荣公司的大门以及进出的职工和车辆。值得庆幸的是，交通事故中双方都没有大碍，并没有造成很大的损失，但是，还是时有一些交通事故发生。

“怎样才能避免类似的情况发生呢？”张国成突然眼前一亮，“你不是跑得快吗？我要是装一个交通警示信号灯，大家的车速不就降下来了吗？10 个车祸 9 个快，速度降下来了，就可以大大减少交通事故，保障职工上下班的安全了。”

于是张国成立即通知环工课，要求他们在大门前青洋路机动车与非机动车中间绿化带的路牙里装上交通信号警示灯。

环工课接到通知，立即执行，买料、制作、安装，很快完成了任务。行人、车辆很远就能看到闪烁的警示灯，不论是直行的，还是到常州旭荣公司办事情的，速度早早就降了下来。常州旭荣公司的职工打心眼里感谢张国成，又为职工的安全办了一件大好事。

2013 年，常州青洋路高架施工期间，张国成主动与施工单位协调职工上下班简易道路的修建，以保证员工出入安全

可是，没多久，常州市园林局青洋路路段的管理人员就找到了公司：

“那绿化带里的警示灯是你们单位装的吗？”

“是的。”

“不能安装，要拆掉，赶紧拆掉。”

“我们是为了减少这里的交通事故才装的，人家看不到我们单位大门，很容易造成交通事故，这又没有造成什么不良影响，都是为了安全，为什么不能装啊……”

“你们报批了吗？”

“没有！”

“那可不行，赶紧拆掉！”

这件事情很快传到张国成那里。张国成告诉经办人员：“按照他们的要求，我们去办审批手续，然后再装吧！”

于是，这警示灯又给拆了下来。

谁料，安装警示灯审批手续一波三折，送到市园林局，答复是：找交警大队审批，同意后方可安装。在园林局跑了一圈，手续一时还批不了。

这件事情再次汇报给张国成，于是，张国成找到交警大队进行交涉：在最初道路规划时未能考虑到单位职工上下班与正常行驶的车辆容易发生交通事故的问题，造成现在时有大大小小的事故发生。我们可以对自己的职工进行培训，可是不是我们单位的职工该怎么办呢？为了避免重大交通事故的发生，我们单位自行出钱安装信号灯，不给政府添任何麻烦，所以还请你们尽快商定，别等到事情发生了，再后悔就来不及了。

最终，经过交涉，保护生命的交通信号警示灯在常州旭荣公司大门前再次亮起。这“生命灯”不但给自己的职工带来警示，也给其他车辆带来了警示！

第十四节　五子登科双轨制

春天，百花盛开的季节，也是举行婚礼的季节。

常州一家酒店的大厅里多了一个服务指示牌：欢迎庆祝常州旭荣公司职工新婚之喜的来宾请到恒润厅。恒润厅的一侧有个小型舞台，背景电子屏上打上了“恭祝三对新人新婚快乐”的祝福语。宾朋陆陆续续来了近百人，分别在宴席上落座。

原来，常州旭荣公司正在给职工举办集体婚礼，张国成站在红地毯铺就的婚庆舞台上，今天他不再是新人们的领导，而是他们的证婚人。他热情洋溢地为三对新人送上祝福：

“欢迎大家参加我们旭荣公司三对新人的集体婚礼宴会，本着简朴、节约的原则，公司为他们三对新人举办集体婚礼，这在我们旭荣公司还是头一次，大家先用热烈的掌声祝福他们新婚愉快、幸福美满、天长地久……非常开心，能成为三对新人的证婚人，他们像我自己的孩子一样在单位里成长。今天，他们喜结连理，希望你们在今后的人生道路上，倍加珍惜这份美好的姻缘，肩负起爱的责任，家庭的责任，彼此恩爱，共同面对人生的喜怒哀乐，用自己的爱心化解生活中的各种问题。同时，要有一颗感恩的心，孝敬双方父母，学会互相包容、互相理解、互相关心。家庭是我们向外追求幸福的起点，希望他们将自己的小家经营成幸福的港湾。最后，再次送上我们真挚的祝福，祝他们彼此恩爱、百年好合、早生贵子……”

大家幸福地鼓掌，欢呼声此起彼伏。每次亲朋结婚，新人都会秀一下恩爱，说些悄悄话。虽然以前公司常有同事结婚，可是公司一下子三对新人同时结婚，这甜蜜的场面还是非常难得的，要是他们不在台上秀一下恩爱、说一些悄悄话的话，哼哼，估计大家是不会同意的！

喜宴期间，张国成给新郎新娘敬酒说：“你们都是有福之人，女方找到了潜力股，要懂得维护家庭。男的找到了一生的伴侣，生活中要听老婆的话，上缴财政大权。”

一席话下来，说得大家心花怒放。只闻席间女性一阵齐声高呼：“男的要交出财政大权……”

再说说张国成为旭荣公司职工操办婚礼的事，初步统计了一下，已经突破十对了。这次一下三对，张国成幸福感油然而生，讲话时都有些哽咽。回忆起来，每次为职工操办婚礼他都忙前忙后，选饭店、定菜单，等等，他都热心帮忙！

这都是他十分乐意做的事情。

常州旭荣公司从几十人，到现在的四五百人，大部分是从各地的大学招聘来的。他们一毕业就到公司上班了，与公司同呼吸共命运，从最初的年轻小伙子、小姑娘，到结婚、生子，到孩子上学，都没离开过公司。试问，他们为什么能在一个单位工作这么久？张国成给出了答案。

“这要从马斯洛人类需求理论谈起，理论中说人的需求像阶梯一样从低到高按层次分为五种，有生理需求、安全需求、社交需求、尊重需求和自我实现需求。我们旭荣公司的职工大多从各地学校招聘而来。他们不像早先的“60后”“70后”那一代的农民工，都是为了家庭基本生活而外出工作。年轻一代的大学生，他们不缺吃、不缺穿，离开家乡，都是为了更高层次的需求，都是有梦想的。常州旭荣公司就要围绕他们内心的需求做文章，就要帮他们买到房子、找到婆子、有了孩子、摆上位子、拥有车子，

2018 年，张国成主动为公司的新人操办婚礼，并受邀担任证婚人

也就是说，公司要帮职工成家立业，让他们在同学面前活得有面子，他们才不会轻易离开公司。”张国成继续说，“我国传统的生产型企业，一般薪水都跟自己的位子有关，组长、班长、主任、副总等，员工上升渠道比较单一。要是不给他们提供更多上升的机会，他们就有可能流失。怎样才能给职工创造更多机会和平台呢？旭荣公司推行双轨制、薪酬宽幅制，让努力工作的职工、优秀工作的职工都有上升的机会。哪怕你只是一名普通的职工，只要达到公司的要求，只要做到精致无比，就可以享受主任或更高职务的工资水平，让职工从多个方面获得成就感。同时，为了丰富职工业余文化生活，单位还为广大职工设立了党支部活动中心、工会活动中心、职工书屋、健康驿站、电影播放室等，满足职工的精神需求，让职工的灵魂有所归属。”

如张国成所说，很多职工从大学毕业就来到了旭荣大家庭，直到结婚生子，再到子女上学，常州旭荣公司为他们提供了一条龙服务，全方位考虑。他们起初到公司理论性强，但技术、管理都需要提升和锻炼。张国成就让他们从基础做起，给他们一个工作方向和人生目标，让他们想办法去实现。写论文、技术改进、建言献策等，公司都会给予关注、鼓励，培养他们成才，给他们提供更高的职务和待遇；除了大学生，常州旭荣公司还有一批“草根族”，他们虽然文化不高、专业性不强，但他们通过努力也成了技能型人才。为了满足各种情况，为职工提供更多的发展机会，公司内部力推“双轨制”，与企业管理制度形成有机的整体，为职工创造更多成家立业的条件。竭尽全力帮他们实现“五子登科”，有房子、有婆子、有孩子、有位子、有车子，让职工获得真正的幸福感。职工队伍自然就有了强大的凝聚力，也就相对稳定了。

第十五节　暴雨洪涝化险情

2015 年 5 月，全国大范围地区遭遇了百年一遇的特大暴雨洪涝灾害，生活在常州的人们一觉醒来，发现自己像是生活在水城“威尼斯”，道路变成河，汽车都变成了船，漂在水面上。

常州大多城镇的涵洞、车库、地势低洼的地方全部被淹，交通瘫痪。乡下河塘外溢，倒灌农家，有的甚至漫过厨房灶台。很多老房子被毁，老百姓被困。常州北塘河、郑陆镇、春江镇等都是重灾区，梨园、葡萄园等农业生态园处于绝收边缘。厂区、车间、办公室无一幸免，成了捕鱼的地方。

常州旭荣公司再次化险为夷，企业也没有受到什么影响。

探寻原因，这主要还得归功于张国成。在建厂当年，他极力建议将厂房地基垫高。虽然当时多花了近三百万元，却成功地避免了那场暴雨洪涝灾害，挽回的损失远远高于建厂时多花的钱。据媒体报道，受灾前一天下午，很多地方和企业已经形成内涝，眼睁睁地看着雨水无处可排，车间电线线路受水浸泡短路，职工触电受伤，仓库产品被淹，损坏严重……相反，常州旭荣公司的厂区因建厂时地基整体垫得比较高，雨水迅速向厂外水塘、河流、地势低洼处流去，没有受到影响。

这也给常州旭荣公司抗洪争取到了足够的准备时间。

“张总，我们厂周围到处水晃晃的，很多企业都被淹啦！”天快黑时，环工课、办公室的职工纷纷向张国成汇报。

张国成已经从朋友的QQ群里看到很多被淹的照片，再往窗外一看，外面大雨如注。他心里也着实吓了一跳，心想虽然旭荣公司还没有受到影响，但决不能掉以轻心、麻痹大意。

“今天晚上安排不间断巡夜，下班前，将车间、厂区低洼处用沙袋垒起来，准备好水泵，确保万无一失。”

当天夜里，除了职工冒雨巡夜查看水情以外，张国成哪里有什么睡意啊，他围着厂区，沿着北塘河巡视了几圈。最后再回到厂区时，他都惊呆了：

“天啊，周围的水马上就要与常州旭荣公司的排水系统齐平了，并且北塘河的河面已经漫过河沿，河水倒灌到了居民家中、田里。如果再下一两个小时，常州旭荣公司也将面临雨水无处可去的局面。虽然有些地方用沙袋挡着，但那根本解决不了问题。”

张国成做了最坏的打算，若是大雨继续下，只能停产排涝了。

好在，常州旭荣公司的地基工程、排水系统都是一流的，经过了考验，化险为夷。

第十六节　经理午餐力推行

多年前，一名职工向部门主管反映：

“我们每次回家，电动车的电池都不够用，上星期硬是停在了半路上，我们能不能在单位充电，不然每次回家都是提心吊胆的，这电动车骑着时一溜风，可是没电推着时，真是重。”

“你放心，我跟张总反映，看能不能解决。”部门领导答应职工会及时向张总反映情况，“我认为张总会同意的。”

可是，那名职工的部门主管，一忙将这事情忘记了。当然，此类问题不是只发生在哪一个部门、哪一个职工身上，而是各个部门都有同样的问题。很多问题反映到张总那里的时候，已经拖了很久了。

“张总，我想提个建议。”一名职工遇到张国成时对他说。

“提建议，好事情啊。”

“我们厂能不能给职工建一个电动车车棚，现在我们厂的职工越来越多，电动车也越来越多，再多起来，估计都没地方停了。电动车充电也是个问题，有的干脆偷偷地开到车间充电，人少还行，往后人多怎么办，我觉得不安全。”

“这个建议好，我马上跟李协理商量一下，尽快落实。”

“还有什么好的建议随时可以提。”

“没有了，哈哈，我都跟我们主管说了很久了。我还以为公司认为要有一笔开支不说还要浪费电，领导没有同意呢，所以再跟你反映一下。”

“是嘛，我还不清楚这事情。”

“有可能我们主管一忙忘记了。”

“好的，我知道了，你先忙去吧。”

张国成若有所思，企业能否大发展，要靠职工群策群力，要靠大家的智慧，怎样才能迅速地了解职工所需、职工的意见呢？

两层的电动车车棚虽然很快建设完毕，并投入使用。但那个职工部门的主管这才想到职工反映的问题，心里还有点过意不去。不管如何，结果是好的，职工再也不用担心回家走到半路时车没电了。这件事情在张国成那里并没有完全结束。他还在思考，如何打破领导与职工之间的沟通障碍，发挥职工的积极能动性。

这个困扰一直到2015年才有了完美的解决方案。那天张国成跟黄信峰董事长在一起吃饭，黄董事长跟他说：“张总，李协理，你们有空也要多跟职工联系，请他们吃饭，走进职工内部，了解一下他们的想法。”

一语道破天机，怎样才能走进职工呢？张国成有了答案。他将我国的“餐桌文化”发挥得淋漓尽致。总经理再忙总要吃饭，要是经常跟职工在一起吃饭，有什么问题在饭桌上提、在饭桌上讲会更加顺畅，因为餐桌非办公室，不会给员工带来拘谨的感觉。由此一来，职工便可以畅所欲言，一定能获得很好的效果。

经初步商定，总经理每周三与职工一起共进午餐，以便听取职工建议、了解职工所需。

总经理与职工一起共进午餐还没多久，就有很多职工提出建议，有的职工在总经理午餐上提出：

“随着网络的发展，职工宿舍能不能安装无线网络，平时9点关，周六12点关，不但丰富职工的业余生活，重要的是职工可以省下很多流量钱。”

“没问题，马上落实……”

很快，智能网吧、电子阅读书吧等出现在了职工宿舍。

也有的职工提出：

“食堂的饭菜不符合口味，能不能想想办法？”

“那大家一起想想，这个问题是老大难问题，我们单位天南地北、五湖四海的都有，俗语说众口难调啊！”

马上就有职工说：

“能不能放些调料、辣子什么的，这样想吃辣的，放点辣椒，想吃醋的加点醋。”

“买点包子、馒头，也能满足北方人的口味。”

“你看看，还是大家的办法多吧，这个也好办，马上落实……”

很快，旭荣公司的食堂有了各种调味品，还有油条、包子、馒头等，满足了来自全国各个地方职工的口味。

还有的职工提出：

“热水器热水有限，加班的职工回到宿舍洗澡，热水就没有了，能不能解决？”

“职工的事没有小事，这个要马上落实……”

很快，洗澡问题解决了，智能洗衣房也出现在了常州旭荣公司。

后来，还有的职工提出：

“时间久了，推车将车间地坪压坏了，现在推着车子不但不稳，有时还会撞到脚，非常费力气，工作效率不高，还有可能造成工伤，想想办法解决……”

“这个马上拿出方案，马上落实……”

不到一个星期，车间路面就变成了不锈钢路面，货物中转时，职工非常轻松，工作效率大大提高。

“我们旭荣公司最好对宿舍水电气的使用进行考核，分点抄表，这样对能源的消耗更加准确！”

“行，这个要的，尽快落实。”

不久，统计下来，分水表总数远远低于总水表总数。肯定是哪里漏了，不然不会差这么多。后来排查发现，综合楼的水管管道破损了，为公司堵上了不必要的浪费。要是没有被发现，随着年月的增加，管道破损越来越严重，损失也会越来越大。

真是没有想到，总经理与职工一起共进午餐会有这么好的效果，就一直延续了下去。最后，形成企业总经理午餐制，并要求职工带着问题来，带着方案来，更有助于问题的快速解决。

总经理午餐制的坚持推行，极大地拉近了领导与职工的距离，调动了职工的积极性，发挥了群策群力和职工的主人翁精神，为企业带来了意想不到的收获。很多节水窍门、省电方法、工艺改进、跑冒滴漏的避免妙招，都是职工提出来的，为企业节省了不少开支，大大降低了生产成本。

总经理午餐制是张国成了解员工诉求、听取员工意见和建议，研究改进工作的重要渠道

每周三总经理午餐形成制度，图为 2017 年张国成与各部门员工轮流用餐并交流意见

第十七节 参加国务院会议

我国改革开放以后，经济发展持续数十年高速增长。随着新世纪的到来，人口红利在不停地消减，经济的发展完全进入了一个新的阶段。互联网、移动终端购物等对传统经济带来了极大冲击。为适应新市场经济的变化，进一步推动我国产业结构现代化进程的步伐，深入改善供给侧环境、优化供给侧机制，增强我国经济长期稳定发展的新动力，缩短与世界先进水平的差距，2015 年年底，国务院召集轻纺行业的四家企业召开座谈会，探讨传统行业的定位与发展过程中出现的问题。

张国成代表常州旭荣针织印染有限公司参加了此次国务院会议。去北京的路上，张国成也犯了难。他想，若是按实际的讲，肯定是忠言逆耳，会有人不愉快，若是挑好听的讲，又违背了自己做人的原则。不过，国务院既然召集企业召开座谈会，肯定是想了解真实的情况，想听听企业真正的心声，若大家都不反应实际情况，很有可能引起高层的误判，出现一些不能落地的政策。思来想去，张国成还是觉得应该将企业的实际情况及自己的想法汇报给国务院领导。

那天，张国成与广东钢琴、河北纺织、山东造纸四家具有代表性的企业家一起来到的会议室，参加会议的领导有国务院原副总理马凯及所有部委负责人。

会上，张国成第一个发言，他提出了五个方面的内容：

“马副总理好，各部委领导好，各位同仁好，我是常州旭荣针织印染有限公司的张国成，负责企业的行政工作。我想提五个方面的内容，算是抛砖引玉，不足之处，还望各位多多指导。第一条，传统行业越来越得不到重视的问题，吃穿住行，民以食为天，穿位居第二，我认为没有夕阳产业，只有夕阳企业。纺织业牵涉到穿，在穿的方面永远不会淘汰，因此，我们对传统的纺织行业要重视，要把传统行业当成不是传统行业来发展，要进行创新，要有国际眼光，塑造国际一流品牌；第二条，媒体宣传的问题。现在各大媒体都在报道，不是这里关停了多少污染企业，就是那里处罚了多少违规违法企业，这都是负面的报道。我建议媒体要报道一些各方面做得都比较规范的、优秀的、标杆性的企业。很多企业不是不想做好，而是不知道怎么做才好。要是报道一些正能量的案例，引导大家该怎么做，就会起到良好的社会效果；第三条，政策落地难问题。国家的很多政策都是非常好的，可是经过层层传达，到了下面执行的时候就变了样，很多好的政策很难落地。所以我建议，国家发布重大政策以后，要组建相应的督查组，以保障政策的落地，惠及百姓和企业；第四条，企业能耗成本高的问题。现在实体企业生存的外部压力大，水电气等价格太高，建议降低水电气的价格，减少企业成本开支，提高企业竞争力；第五条，《太湖流域管理条例》的问题。条款中规定，新、增、扩项目一律禁止审批。一个企业靠老产品发展，在国内都会生存不下去，别说跟国际竞争了。所以，建议为企业进行松绑，对舍得投入环保、重视安全生产的企业开绿灯……”

此次发言，竟成了经典，得到了时任国务院副总理马凯及各部委领导和与会企业的高度认可，进而在全国推行、实施。

第十八节　人大代表为人民

2011 年 11 月底，张国成代表企业到钟楼区参加中宣部调研常州“道德讲堂”座谈会。会后，张国成见到一位 90 多岁的老人行动不便，就问：“您是怎么来的？”

“公交车！”

“这里离公交车站很远的，我带您到公交车站台吧！”

这件小事情对于张国成来说再寻常不过了，可是那位老人非常感动，后来将自己剪的“好人有好报”剪纸，乘坐公交车亲自送到张国成单位，以表谢意。

张国成反而又被老人感动了，将剪纸保存得好好的。他们都是善良的人，都是好人。他们相互感动着对方。

后来，张国成当选为常州市第十六届人大代表，他将这份感动带给了更多的人。

作为一名来自企业的人大代表，张国成首先想到的是要履行好一名代表的职责，深入基层、倾听民声，做到积极议政督政；身为企业领导，他开拓创新、关心员工，将员工的心声、政府的决策做到及时上传

下达，起到纽带和桥梁作用。

张国成积极参加市、区人大组织的各项会议及活动、认真学习最新的法律法规，及时了解常州乃至整个国家的发展趋势。同时深入基层，密切联系人民群众，以“面对面”的形式与居民群众进行交流，“零距离”倾听民声民意，实事求是地为人民解决根本问题，并提出合理化建议为相关部门解决民生问题，如他遇到老小区管理问题、拆迁问题等，就有了“关于老小区为行动不便的老人增装小型住宅电梯的建议”。另外，在日常工作或企业管理中，张国成一直悉心观察与体恤员工的工作生活状况，其中包括员工子女上学问题，有一句话是他常说的：“员工子女教育问题解决了，那他们在旭荣上班也就稳定安心了。”要是员工生活或思想上有负担了，张国成也总能第一时间察觉，并及时开导解决，给予最大的帮助。正是他这种作风，一方面赢得了大家的尊重和拥戴，另一方面也稳定了企业的优秀职工队伍。

张国成自当选为市人大代表以来，常常关注社情民意。平时扎根群众为民办事，心装百姓冷暖，不负百姓重托，将人民的事情当成自己的事情来办。他见到农民工子女无法顺利上学，就有了“关于均衡合理配置资源、教育优势公平化促进教育理性发展的建议”的提案；遇到印染企业不能有效处置危弃物的问题时，就有了“关于危废品处理问题的建议”的提案；针对企业传承问题、纺织行业引进大学生人才补助问题时，就有了“关于民营企业进入交接期，成立职业经理人协会的建议”的提案。“劳模待遇低问题”“环保督查一刀切问题”等，都会形成提案，并被评为优秀提案。还不停地提出对企业、对行业、对常州、对国家有意义的建议，诸如“建议重新定位纺织行业，大力推动纺织行业转型升级，希望能成为我市的重点行业，重振常州纺织工业名城，成为长期稳定的经济支柱。”“建议企业社保费征收改为‘费改税统筹’征收，减轻企业负担，让企业充满创新活力。”“建议健全公务员考核制度，建立公务员接受企业评分、建议的有效机制，从制度上保障公务员敢担当、敢作为，切实为企业发展服务、为繁荣常州经济服务。”

张国成乐于为民办事、勇于为民执言、敢于依法履职，不负一方选民的重托，2018 年被评为常州市优秀人大代表。

2014 年，张国成（前排右一）参加常州市十四届人大二次会议，与旁听组成员合影

2014 年，张国成在常州市十四届人大二次会议旁听组发言

2018年，张国成在常州市第十六届人民代表大会第二次会议上参加投票选举

2018 年，张国成（左）与常州市十六届人民代表大会同组代表周常春合影

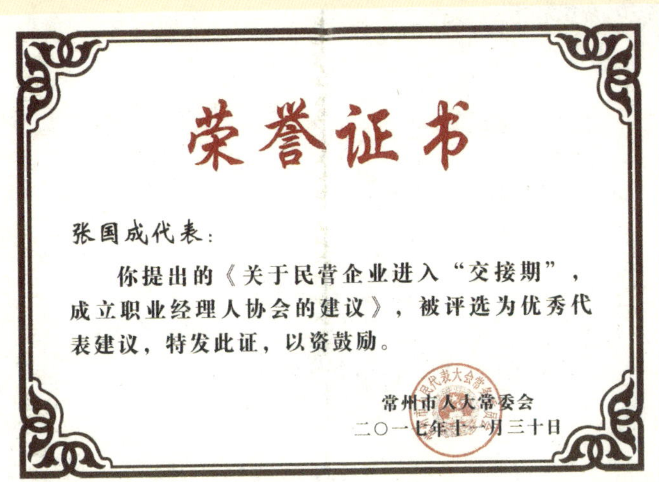

荣誉证书

张国成代表：

你提出的《关于民营企业进入“交接期”，成立职业经理人协会的建议》，被评选为优秀代表建议，特发此证，以资鼓励。

常州市人大常委会

二〇一七年十一月三十日

2017 年，人大代表张国成的建议被市人大常委会评选为优秀代表建议

张国成 同志：

兹聘请您为常州市机关作风建设特邀监督员，聘期为2019年6月至2022年6月。

特此聘请！

常州市作风建设领导小组办公室

二〇一九年六月

2019 年，张国成连续三届受聘为常州市机关作风建设特邀监督员

2016年度常州市科学技术进步奖

证　书

为表彰常州市科学技术进步奖获奖者，特颁发此证书。

项目名称：两化融合管理体系的创建及应用

奖励等级：三等奖

获 奖 者：张国成

常州市人民政府

2017年2月9日

证书号：2016-3-8-R1

张国成获 2016 年度常州市科学技术进步三等奖证书

第十九节　行家里手苦钻研

2018年年底，张国成收到了由江苏省人力资源和社会保障厅颁发的经江苏省纺织工程高级钻研技术资格评审委员会评审认定的高级工程师的资格证书。

张国成是一个善于学习、善于钻研的人，虽然当时上高中时还没有恢复高考，没能去上大学，但是，他一直都在将自己由外行变成内行，由内行变成行家里手。要问他如何做到的，他呵呵一笑说："一点一点实现的，再高大的目标，都是由一个个小目标组成的。我一直要求自己，每年都要有新的计划、新的突破……"

张国成之所以能够成功，与他极强的学习能力是分不开的。

在工作专业方面，张国成从学开车成为一个驾驶员开始，很快又学会了汽车基本维修。当上车队队长以后，又开始学习如何管理车队，如何将军队学到的知识用到管理当中。到开办常州灯芯绒厂二级企业时，他又学习了企业管理。到常州旭荣公司以后，他学习的劲头不但没减，反而随着工作的需要，总能排除干扰进行学习。除了钻研行政管理以外，还对印染技术进行研究和学习，可以说对纺织印染技术一窍不通的张国成很快掌握了相应的技术，发表诸多论文，其撰写的《分析社会责任与和谐劳动关系》《两岸纺织企业供应链整合模式的探究》《论企业人力资源的数据化管理》

UNIVERSIDADE DE CIÊNCIA
E TECNOLOGIA DE MACAU

澳門科技大學

CARTA DE CURSO

Certifica-se que
ZHANG GUO CHENG
concluiu com aproveitamento o curso
e tendo defendido a sua dissertação,
foi lhe conferido o grau de
MESTRE em GESTÃO DE EMPRESAS

Macau, aos 21 de Março de 2003

It is hereby certified that
ZHANG GUO CHENG
has successfully completed and passed
the approved course of study and the
defense of dissertation
has this day been admitted to the Degree of
MASTER of BUSINESS ADMINISTRATION

Macao, March 21, 2003

O Chanceler
Chancellor
Dr. Liu Chak-wan

O Reitor
Rector

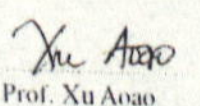

Prof. Xu Aoao

畢業證書

學生張國成於本校修業期滿考試
及格並通過論文答辯，照章授予工商管
理碩士學位。

此證

校監 廖澤雲

校長 許敖敖

公元二零零三年三月二十一日

2003 年，张国成获澳门科技大学工商管理硕士学位

《Tencel/Flycool 凉感菱形面料的开发》等十余篇论文获奖，被中国针织工业协会授予中国针织行业优秀总工程师。成为东华大学、天津工业大学、常州大学商学院等多所高校的客座教授、行业讲师。常到高校分享自己的人生感悟、企业和谐劳动关系、企业文化品牌塑造等，为即将毕业的大学生带去融入社会的谆谆教导，到协会、行业分享常州旭荣公司的管理经验、纺织行业发展报告、世界科技前沿信息等。

在工作管理方面，他不失时机地为常州旭荣公司的发展寻求良策，独创了一套企业管理绝学大法“张氏理论”：3+4+3 模式，为销售、生产、研发人数的比例，达到了最佳状态、6+1 轮休制，保障了生产和职工的充分休息、二勤制，做到嘴勤、腿勤，还有总经理午餐制、五子登科文化、双轨晋升制等，并娴熟地运用在企业生产经营管理当中，让企业立于不败之地，成为江苏省企业高级职业经理人，荣获常州市十大改革创新人物、全国纺织思想文化建设功勋人物，江苏省首批产业教授。

另外，企业报批一些项目时，他不但钻研所报项目的相关知识，还深入了解学习国家的法律法规，做到知己知彼。他每次到政府相关部门报批时，了解的政策比职能部门的办事人员还多，诸如哪些条款是对自己有利的、审批期限是多少等他都了如指掌。这样一来，职能审批部门的工作人员都会另眼相看，不敢怠慢，只能快速审批。这就是为什么别人去审批总是吃闭门羹，他却总能成功的主要原因和秘诀。

在个人学习方面，张国成更是修成正果。先后在北京大学常州总裁班、浙江大学企业领导力培育研修班、清华大学企业总裁高级研修班、厦门大学企业领导力培育研修班、重庆大学企业总裁研修班、上海交通大学企业领导力培育研修班学习深造。

当然，说到张国成严格要求自己、不断突破自己的原因，其实他的父亲起到了很大的作用。张国成的父亲除了从小就告诫他要大度、要能上能下、要从基础做起、要学一门技术、要团结同事以外，还有一件事情对张

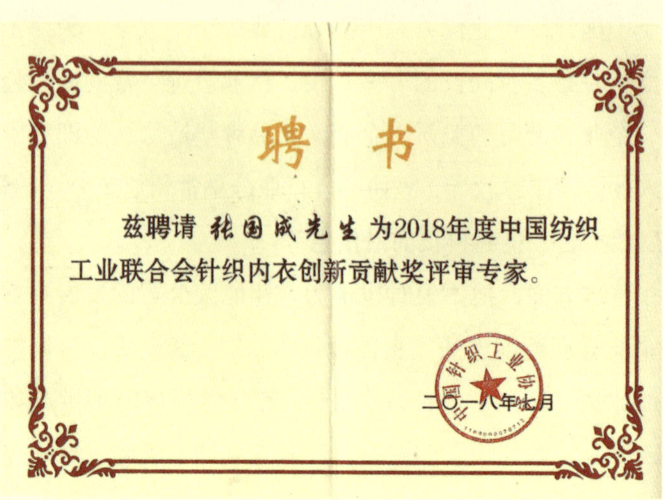

聘 书

兹聘请 张国成先生 为2018年度中国纺织工业联合会针织内衣创新贡献奖评审专家。

二〇一八年七月

张国成受聘为 2018 年度中国纺织工业联合会针织内衣创新贡献奖评审专家

聘 书

张国成 同志：

兹聘请您为“江苏省纺织工程高级专业资格评审委员会”委员。

聘期三年，自 2019 年至 2021 年。

江苏省纺织工程学会

2019 年 4 月 26 日

2019 年，张国成受聘为江苏省纺织工程高级专业资格评审委员会委员

国成影响非常大。

他的父亲张福生，一辈子似荣誉为生命，自强不息，通过努力，不断挑战极限，获得各种荣誉上百种，以至于到过百年时，他只要求带走自己一生所取得的荣誉证书。当张国成看到父亲的荣誉证书灰飞烟灭的那一刻，再也无法抑制情感，泪如雨下。他再也见不到父亲了，还有父亲那几大包荣誉证书。

现在来看，烧掉那些荣誉证书真是可惜无比，若是能在哪里展览，鼓舞年轻人奋发有为，该多好啊！

张国成受父亲的影响，他总能发愤图强，准确找到自己的位置，勇担责任。身为大管家的张国成，不管自己取得多大成就，在管理企业期间他都能以一颗平常心做到“参与不干预、献策不决策”，做一个聪慧通达、幽默风趣而又有价值的人。

张国成从小积极向上、睿智大气、勇于创新，他跟父亲一样了不起，同样获得了不少荣誉，只是，不管他获得什么荣誉，他都会将这些荣誉立即归零，从头开始。他已经先后获得了六十多个奖项：常州市劳动模范、全国纺织行业管理小组卓越领导者、常州市节水先进个人、常州企业十大改革创新人物、常州市纺织工程学会优秀工作者、中国纺织（服装）行业人才建设工作突出贡献人物、中国纺织行业关爱员工优秀企业家、全国纺织工业劳动模范等，还不算数十篇纺织、管理方面的论文奖项。

聘书

经研究，聘任 张国成 同志为常州纺织服装职业技术学院首批产业教授，聘期为2018年01月01日至2021年12月31日。

常州纺织服装职业技术学院

2018年01月

2018 年，张国成受聘为常州纺织服装职业技术学院首批产业教授

荣誉证书

HONORARY CREDENTIAL

张国成 同志：

在 2014-2018 年期间，您在常州市老科协各项活动中，成绩突出，被评为常州市老科协优秀老科技工作者，特发此证，以资鼓励。

常州市老科技工作者协会

2018 年 11 月

2018 年，张国成被常州市老科技工作者协会评为优秀老科技工作者

第二十节　职工竞技绘旭荣

青龙街道、天宁区工会，常常举办职工春秋季运动会，旭荣公司也常常冠名，并派出职工代表参加比赛，有篮球队、乒乓球队、羽毛球队等。每次参赛的选手个个精神抖擞，勇夺第一是他们的目标，比赛的激烈程度不亚于专业大赛。

乒乓球组，只见乒乓球在球桌上跳来跳去，发出叮叮咚咚、乒乒乓乓的声音。一方来个攻其不备，对方就来个海底捞月，这方来个先发制人，另一方就来个随机应变，你来个刀削进攻，我就来个克敌制胜，比赛的精彩场面不时引起大家的惊呼。

常州旭荣公司派出的乒乓球代表像是经过了专业训练，一会儿横拍，一会儿又竖拍，一会儿左手，一会儿又右手，搞得对方根本弄不清楚虚实，打得对方是晕头转向。

篮球组，只见常州旭荣公司派出的篮球队员飞驰腾挪，身轻如燕。在篮球方面，常州旭荣篮球队得到张国成的真传，掌握了很多绝杀技。在常州旭荣队采用控球急停的绝杀技时，当突破防守球员防守的时候，防守球员多数会提前后撤，然后与大个子队员配合，假装突破然后使出绝杀、跳投连环计，打对方个措手不及。每次换招，像抛球变向、后撤步投篮等，常州旭荣公司篮球队都能变幻莫测，配合与协防都是滴水不漏。

张国成忙得不亦乐乎，到处串场，为公司的运动代表呐喊助威。张国成从小喜欢运动，在学生时代，短跑、长跑都在班级前列。特别是篮球，他可是常州市青少年的篮球队队长，战胜南京青少年篮球队，在全市比赛中获得初中组冠军。现在，张国成已经从篮球队员、篮球队长的角色转变成了篮球教练，培养出了不少篮球强手。

张国成认为一个人的成功不算成功，于是他一直着力于培养新人。技术、管理、销售等，他在努力打造一个“拉出能战，战之必胜”的常州旭荣职工队伍。

从常州旭荣公司成立之初，常州旭荣公司除积极参加镇、区、市工会举办的文体活动以外，还积极参加环保节能、交通安全、纺工学会、科协等多个部门的活动。经常在“职工安全隐患随手拍”“交通安全知识竞赛”“科技创新知识竞赛”等活动中为企业捧回个人或企业大奖。

2018 年，由常州天宁开发区主办，工会承办的“我爱常州”首届印染业职工技能大赛隆重举行，活动聘请常州纺织服装学院的老师作为评委。比赛项目分为废水检测、染色打样、新型面料分析、花纹图案设计、面料评选等多个组别，全区行业内有 20 多家企业报名参加。

参加比赛的单位经过层层初选，挑出精兵强将参加比赛。这样的活动，怎能缺了常州旭荣公司。他们派出的职工能手，在比赛时以娴熟的操作、准确的分析、无误的判断，水平遥遥领先。

最后，“我爱常州”第一届职工技能比赛活动颁奖仪式在青龙街道邻里中心盛大举行。活动现场，面料评选组，常州旭荣公司代表获第一名。污水检测组，常州旭荣公司环工课代表荣获第一名。同时，常州旭荣公司获得优秀组织奖。常州旭荣公司及技术能手在各种比赛中不断获得优异的成绩，也充分地展现了公司的实力和职工的风采。

文体也好，竞技也罢，到处都能看到常州旭荣公司派出的代表，并能获得好成绩。这些活动不但丰富了职工的业余文化生活，还能增加职工的见识，不断与同行切磋学习，做到取长补短，大大提高职工的技能水平。

张国成狠抓企业创新，新产品去参加比赛也是屡获大奖。他在技术创新方面，除了将纺织新素材用到新加工过程的创新研发之外，还将多年生产实务经验及世界最新潮流元素融为一体。在这种创新理念的指导下，常州旭荣创新团队研发的各类功能性面料、有机棉、环保纱与自然可分解的环保素材等皆有突破性的成果，特别是自主研发的植物染料为基础的印染工艺，实现生态环保无污染，在研发成果方面遥遥领先。先后研发出的Storm Cottom拒水功能棉针织面料、Ice Cotton天然凉感功能棉针织面料、Porel改性涤纶短纤维功能针织面料、吸光发热腈纶功能针织面料等多个开发项目获江苏省纺织科技创新奖。改性涤纶短纤维针织面料、改性棉功能针织面料、保暖功能针织面料、粘胶麻花针织面料等四项产品获得了江苏省高新技术产品。

针织印染节能减排技术集成级应用项目2012年获得中国纺织工业联合会授予的科技进步二等奖，也在中国国际流行面料、中国优秀印染面料等大赛中获得多项大奖。荣获“纺织之光”2015年度中国纺织工业联合会科学技术奖三等奖、2017年针织内衣创新贡献奖。这些核心技术和产品的自主创新成果，均实现了科技成果转化，得到广泛应用，带来了较好的经济效益和社会效益。通过整合上下游产业链，已经实现单一制造加工向以自主产品研发为主的转型。公司先后被授予国家运动休闲针织产品开发基地，顺理成章地成为里约奥运会、平昌冬奥会国家运动员服装面料指定供应商。

在旭荣集团总经理黄庄芳容、常州旭荣总经理周世荣和执行董事黄冠华的带领下，张国成狠抓企业文化建设，狠抓创新。旭荣公司上下一条心，共同绘就了常州旭荣公司的宏伟蓝图。

2010 年，常州旭荣公司组织职工进行拓展训练，培养员工团队精神

2012 年，常州旭荣公司篮球队参加常州市天宁区青龙街道组织的第一届“青龙杯”篮球友谊赛

2012 年，常州市天宁区总工会授予常州旭荣公司环工课保全组学习型班组称号

2013 年，常州旭荣公司篮球队在青龙街道第二届“旭荣杯”职工篮球赛中获得第一名

2018 年，张国成向获公司 6S 现场管理先进的前三名部门授旗并颁发奖金

2018 年，张国成参加旭荣集团春节晚会，扮演财神，预祝旭荣集团生意兴隆、财源广进，并与集团总经理黄庄芳容合影

2011 年，张国成参加“结对共建”签约仪式

右为常州市政协提案委员会主任、原台办主任许春元

第二十一节　文化共融两岸情

20 世纪 90 年代末，港澳台企业到大陆（内地）投资兴业。常州雕庄乡农业对外开发区一行，在许宪生副乡长等的带领下到台湾招商考察。

到台湾以后，他们去台湾旭宽公司等单位进行参观。台湾旭宽公司黄庄芳容总经理热情地招待了他们，在介绍旭宽公司概况时，向许宪生一行表示，有意到大陆投资。为稳妥起见，先与大陆企业合资办厂，考察团向旭宽公司推荐了常州东南印染厂。经过多次沟通，双方达成合资办厂的协议。

常州东南印染厂在张国成的推动下正在大刀阔斧地进行改革，企业更名、厂址搬迁、产品升级、业务拓展、二级企业建立等，将企业经营得有声有色、蒸蒸日上。

常州东南印染厂与台湾旭宽公司合资成立常州旭荣针织印染有限公司，并派出张国成为代表，与台湾旭宽公司李文杰共同打理合资企业。由此，黄庄芳容总经理结识了常州东南印染厂的代表张国成。她非常敬佩张国成诚恳、敬业、开拓、创新的精神，以及强大的带团队的能力。以至于几年以后，旭宽公司为谋求更大的发展、塑造旭荣公司品牌文化、打造东南亚针织印染基地时，她毫不犹豫地聘请张国成为常州旭荣公司的大管家。

2013 年，常州市总工会一行到台湾考察学习，区工会金吉主席随团前

2015 年，张国成与台湾纺拓会秘书长黄伟基（右）合影

去。在台湾，旭荣集团黄庄芳容总经理油然而生地对考察团感叹说：

“常州旭荣公司的最大收获是张国成这个人。常州遭雪灾那年，常州大雪封路，企事业都放假停工停产了。没有想到的是，张国成早上七点钟就打电话给我说，常州旭荣公司没有受到任何影响，在正常生产。原来他们雪灾前一天都做好了准备，连夜清雪，保障了生产。将企业交给他，还有什么不放心的呢？还有他的超前意识也令人折服，十多年前他就提出环保问题，建议建设绿色工厂、科技型工厂了……”

工会考察团对张国成其人也是直竖大拇指，他们也被张国成的超前意识、超强学习能力、执行力、创新能力、开拓精神所敬佩。

张国成身为一名共产党员，已在台资背景旭荣公司高层工作十六年。他高瞻远瞩，善于破旧立新，创造性地开展工作，给大家留下了深刻的印象。

中国老百姓有入乡随俗的说法，民间还有“三里不同乡，五里不同俗”的谚语。江南常州与台湾相隔数千公里，生活习俗、企管制度等方面也有不同。张国成想：台湾旭宽公司放心地将常州旭荣公司交给了我，怎样才能发展得更好呢？如何才能为企业创造更多的利润，为职工提供具有竞争力的薪酬，为政府缴纳更多财税呢？这是一个企业最基本的社会责任。

面对一系列的问题，张国成再次陷入了深思。

有一次张国成在开职工大会时，刚讲完话，初到单位实习的几个大学生就鼓起了掌，而其他的老职工都没有鼓掌。这些大学生觉得比较奇怪，认为很多人不懂礼貌。会后他们才知道，这是常州旭荣公司的文化特点之一，旭荣公司召开策略大会，领导讲话从不说客套话，也不感谢谁，职工也不鼓掌。并且，公司每次的大型会议，领导发言都有时间规定，专门有职工举牌，提示还剩下多少发言时间。

“不鼓掌、不客套是为了提高开会效率，节约时间。”从那时起，那几个大学实习生对时间的概念一下子加强许多，根本没有想到，旭荣公司

2016 年，台商汇聚江苏发展大会，旭荣公司获江苏省“紫峰奖”（右三为旭荣集团总经理黄庄芳容）

连客套话的时间都要省下来，心里不由自主地佩服起来。

除了这些小细节，张国成多次与旭荣公司台北总部沟通，建议常州旭荣公司能够建立党、工组织，选拔年轻有为的青年人担当常州旭荣公司骨干。同时，完善企业职工福利机制，举行职工旅游、相亲会、趣味运动会、生产竞技等活动，丰富职工的业余文化生活。除了职工获得各种文体奖项外，2017 年，执行董事黄冠华获得全国优秀纺织青年企业家称号，2018 年，旭荣集团总经理黄庄芳容获得中国纺织杰出企业家和中国针织行业终身成就奖。旭荣集团“分享、坦诚”的文化在两岸得到生根发芽、不断繁荣。

每年旭荣公司台北总部开年会，张国成都会派常州旭荣公司优秀职工轮流参加，亲身体验旭荣公司台北总部的公司文化，感受旭荣大家庭的温暖。

通过多种努力，张国成还成功打通了旭荣大陆分公司与台北总部的文化通道，架起了两岸企业的文化桥梁，创建了有利的环境和条件，很好地传递了两岸呼声，促进协同发展，推进两岸文化大融合，繁荣两岸经济大发展。此举还得到了中组部及中宣部的高度肯定，成为两岸文化的使者。

2017 年，旭荣集团总经理黄庄芳容与台湾知名主持人（左一）和常州市委秘书长、常州市原副市长方国强（右一）在江苏发展大会上合影

2019 年，张国成与台湾仁爱乡乡长合影

2018 年，张国成和管理骨干团队赴台湾参加旭荣集团策略大会出发前合影

第二十二节　危机边缘扭乾坤

张国成有他柔情的一面。

每天早晨，当第一缕阳光升起的时候，张国成就会赶到公司，并准时在常州旭荣公司大门口迎候职工上班，职工心里感觉暖洋洋的。张国成对每个职工的情况了如指掌，当他迎候完职工上班时，就可以从职工的表情、神态发觉他们的上班情况，是开心的，还是不开心的。有时候，新职工会遇到环境不适，满脸愁容；有时候，职工晋升新岗位后缺乏自信，表现在言行上；有时候，职工家庭有了问题，刻在脸上；有时候，职工谈了女朋友，欢天喜地……职工的喜怒哀乐、酸甜苦辣时常牵动着张国成，有什么问题，他会及时抽时间与职工交流，进行开导、关心、帮助。

有一次一名员工受到工伤，工伤期过了还没有来上班，张国成马上亲自过问他们部门的负责人：

“王春红的脚怎么样了，怎么还没来上班！”

“真是伤筋动骨一百天，那脚只是轻微地扭伤了，工伤期都过了，还肿着呢，还没来上班。”

“他脚扭伤了，最好能够灵活些，安排些轻松的工作，这样才不会耽误工作。”

当然，张国成更有严厉的一面。如若哪位职工不按要求完成任务，三番五次地不明事理、不听劝告，甚至不遵守纪律，像在禁烟区抽烟、上班睡觉等严重违反厂纪厂规的，肯定要负一定的责任，受到一定的处罚。

奖罚分明是张国成带队伍的一项重要原则，只有队伍强了，企业才能度过各种难关。

他自己也一直要求自己要有两把刷子，要有足够生存下来的能力。学生时代他是常州市青少年篮球队队长，带团队的能力、协调的能力、布局的能力都是超强的。加上军旅生涯，使他练就了指哪打哪，打哪哪准的超强执行力。带队能力、执行能力是张国成打造一流职工队伍的两把刷子。再者，张国成的超前意识、开拓创新精神，让常州旭荣公司得到了蓬勃的发展。但是，他作为常州旭荣公司的党支部书记、CSR 大陆执行总裁，为了给企业创造利润，对股东和员工负责外，还要对消费者、对社会做出应有的贡献，背后的付出是十分艰辛的，用如履薄冰、殚精竭虑来形容也毫不夸张。

2015 年 8 月，我国一港口化工公司的危险品仓库发生火灾爆炸事故。事故造成一百多人遇难、七百多人受伤，有 304 幢建筑物、12428 辆商品汽车、7533 个集装箱受损。这次事故发生后，引起全国上下安全、环保拉网式大检查，为全国化工、印染等行业的高污染企业戴上了紧箍咒，关停环保理念差、安全意识薄弱甚至违法偷排的企业不计其数。好在常州旭荣公司建厂初期已经投入大笔资金，环保、节能设施配套齐全，并将企业打造成了绿色工厂，成为行业的标杆。即便如此，张国成并没有高枕无忧，也不敢有丝毫懈怠，大力推进常州旭荣公司的科技创新项目，新产品储备领先同行业两年以上。

即便如此……

2018 年 9 月初，常州发布了一条《常州市城区混凝土、化工、印染企业关闭与搬迁、改造计划》的通知，仍然让他彻夜难眠。

常州 50 多家混凝土、化工、印染企业牵涉其中，消息瞬间发酵，像长了翅膀一样，在行业内外、企事业间、坊间网络上飞传。原本通知的是附件中的企业，有的要立即关停，有的需要搬迁，也有的需要提升改造。但是，大家在传播过程中误认为名单中的企业全部都要关停和搬迁。

“张总，你看到没有，常州发布《常州市城区混凝土、化工、印染企业关闭与搬迁改造计划》的通知，常州旭荣也在里面。”

“张总，你们单位要关停搬迁啦，是真是假啊？”

……

打电话询问、微信询问张国成此事的接连不断。

张国成看到名单中出现常州旭荣针织印染有限公司的名字时，立即意识到了问题的严重性，彻夜未眠。

之前，他总会在各种科技创新比赛奖项名单中、公益活动媒体报道中、旭荣公司关怀职工新闻里看到常州旭荣针织印染有限公司的名字。今天却在《常州市城区混凝土、化工、印染企业关闭与搬迁、改造计划》通知的名单中看到了自己日夜操劳的常州旭荣公司的名字，不能不为之感到震惊。

张国成一方面给询问的客商、银行、供应商等单位进行解释，给他们转发江苏省省长参访常州旭荣公司，并称赞常州旭荣公司高质量发展的视频，以及旭荣集团黄庄芳容总经理在非洲肯尼亚接待国际纺联的盛况；一方面，他考虑企业内部职工的稳定性，想办法安抚职工，告诉他们文件属于误读，只看到了关闭、搬迁，却没有看到改造。并与业务主管、采购主管等部门进行有效沟通，做好客商和供应商的解释工作；另一方面，向旭荣集团台北总部汇报情况。忙完这些，已经到了第二天凌晨。辗转反侧、翻来覆去毫无睡意的张国成，第一时间通过微信、短信等形式向市政府、区委等部门领导汇报信息传播中大家产生了误读，产生很大的负面影响，会给企业带来致命的后果，希望政府能够引起重视，并恳求政府能够通过媒体进行正面宣导。同时，邀请各级领导到常州旭荣公司实地考察，看一看常州旭荣公司在环保、节能方面的重要举措和环保效能。

张国成与所有方面沟通、联系完后已经到凌晨四点多，但他仍然无法入眠，这件事情处理不好，公司马上就会“休克”。客商知道企业即将要关停的消息，不明真相时肯定不会再下订单；供应商更会蜂拥而来，追要应付款；银行见势不妙，更会火急火燎地来到公司……到时候，若没有强有力的证据证明常州旭荣公司不属于关停搬迁对象，那将是百口莫辩，成为一盘死棋，再无回天之力。

果不其然，第二天上班后，供应商、客商、银行等纷纷致电。张国成胸有成竹地回答他们说：“我们常州旭荣公司肯定不在关停范围，你们看一下昨天发布的消息……”

“万分感谢秘书长，感谢你对网络发布的《常州市城区混凝土、化工、印染企业关闭与搬迁、改造计划》通知的妥当处理。但已经造成非常大的负面效应。客户、品牌商、供应商、企业内部员工还在观望，我们单位百口莫辩。希望政府能够正面报道，挽回影响。能否请市领导到我们单位看看实际情况，给我们正面肯定。”

张国成心想，虽然网络信息做了重新调整，可是这种有头无尾的消息给常州旭荣公司各个合作单位带来了无限困扰，若政府不能及时出面澄清，后果仍然不堪设想。

直到2018年9月8日，张国成才算松了一口气。从5号到8号，他几乎没有合眼，当他8日晚看到常州市电视台以《要让在治理上舍得投入的企业尝到甜头》为题报道常州市市长丁纯走访常州旭荣公司的新闻时，他非常激动，也充满感激。报道中，丁纯率队走访了多家企业，对常州旭荣针织印染有限公司注重节能减排实行循环经济、促进可持续发展的做法给予了充分肯定。他希望企业始终坚持绿色生产，进一步加大末端治理力度，降低污染物排放，鼓励企业进一步完善环保管理运行机制，提升管理水平，争做环保治理的标杆……

张国成快速将此新闻的链接发到朋友圈、微信群报喜。

事实胜于雄辩。常州市领导对治污排放、大搞环保建设的企业进行肯

2018 年，张国成（左）向常州市市长丁纯（中）、副市长梁一波（右）介绍旭荣公司环保整治中水回用工艺技术

定，通过新闻的形式告诉常州旭荣公司的客商、供应商等合作单位，给他们吃了一颗定心丸。

晚上，张国成总算睡了一个安稳觉，常州旭荣公司的职工也睡了一个安稳觉，旭荣公司台北总部的领导也睡了一个安稳觉。

“机会只会留给有准备的人，危机留给没有准备的人。”张国成说，“我们事事都要有准备，才能化危为机！”

再回头看这件事，真是充满惊险。张国成之所以能够力挽狂澜，这还要归功于在常州旭荣公司投资建设时的建议。当时在张国成的建议下，多花数百万元将地基夯实垫高，多花上千万元将企业建成节能企业、多花数千万元将企业建成环保科技型企业，入选国家工信部公布的绿色工厂名单，成为名副其实的绿色制造企业……这在 15 年前，普遍环保意识不强的年代，意识超前的张国成，就提前为常州旭荣公司夯实了基础，成功度过了环保、暴雨、暴雪、经济危机、贸易战等各种各样的考验，并成为行业标杆。

第二十三节　捐赠社会数百万

“破碎的种子开出一样的花，豁口的铜鼓敲出如雷的音，你们努力证明，残月从来就是圆的……”

“在遥远的夜空，有一颗金色的星星，她很亮，很美，却也孤独冷清……”

“我们呼唤她，想拥抱她，但是因为距离太遥远，她听不到……”

2019 年 4 月初，一场特殊的晚会正在举行，由自闭症孩子和普通幼儿园的小朋友同台表演的舞蹈《战豆》感动了现场的所有人。

这样的慈善晚会，每年 4 月 2 日都会举行，并且都是全城总动员。

要是仔细观察，就会发现常州的公交车、公园里的树木上等很多地方都会绑系一根根的蓝丝带。在活动启动仪式上，常州从南到北的地标建筑同时亮起蓝色的灯光：西太湖滆湖塔、广化桥、怀德桥、西瀛里城墙、第一人民医院、东经 120、奥体中心、现代传媒中心、蓝色港湾。亮起这些蓝色灯光的建筑，犹如散落在常州大地上的蓝宝石，晶莹透亮。那蓝色的光芒，照亮整个夜空，与星空连成一片。

“蓝动常州，爱在蓝天下”关心自闭症儿童公益慈善晚会活动现场，更是让这座城市充满大爱，人们的内心充满无限感动。常州各行各业的爱心人士汇集在常州传媒大厦一楼大厅，参观爱心蓝手印、心愿卡，观看公

2013 年，张国成向常州市天宁区养老院孤寡老人捐款献爱心

2015 年，张国成代表公司参加天宁区帮困助学公益捐赠大会发言并捐赠助学款

益宣传片，参加“爱在蓝色星空下”宣誓活动，力所能及地奉献自己的爱心。这场由常州广播电视台、市文明办、教育局、残疾人联合会等主办的活动，瞬间引爆龙城。

各个年龄段的特殊孩子带来了他们的绘画作品。一名小朋友带来了自己的存钱罐，希望买下一幅画，用自己的零花钱为自闭症儿童奉献自己的一份力量。

张国成是一个心怀慈悲、懂得感恩的人。随着旭荣公司不断壮大，他认为企业还肩负着社会责任，应该舍得济困救弱、反哺社会，做一些对人们有意义的事情。于是，常州旭荣公司总会出现在各种公益性的活动现场。这次“蓝动常州，爱在蓝天下”关心自闭症儿童公益慈善晚会活动的现场同样也得到了常州旭荣公司的爱心捐赠，并获得了“金色之星”爱心企业。

常州旭荣公司的善举，如同春风细雨一样，从成立的那天开始，都在滋润着人们的心田：

2006 年至 2009 年，旭荣每年向常州纺织学院捐赠 6 万元，用于贫困助学金；2007 年向常州市慈善总会天宁分会捐款 100 万元用于发展慈善事业；2008 年向常州市民政局捐款 5 万元，捐赠服装 2319 件，价值人民币 7.8 万元；2011 年向上海东华大学教育发展基金捐赠 7.2 万元；2011 年旭荣一次就向“纺织之光”科技教育基金会捐款 300 万元。还在大学院校设立旭荣奖学金等，用于院校的创新和贫困子女的上学。加上这次的“蓝动常州，爱在蓝天下”关心自闭症儿童的捐赠，企业已经累计捐款近 400 万元。

每次谈起企业温暖社会的事，张国成总是有一颗寸草衔结的心。他说我们要感谢所有支持你、成就你的人，我们要生活在感恩的世界里，要愉悦地工作，生活才会更精彩。经营企业也一样，其实就是经营人生，人要厚德善行，才能吉祥相伴，企业要懂得点点滴滴地去感恩，才能持续发展、基业长青。

2017 年，常州旭荣公司情系教育，为青龙小学慈善捐款

2019 年，常州旭荣公司在“蓝动常州 · 星星圆梦”关心自闭症儿童公益慈善晚会上荣获爱心企业奖牌（右三张国成）

2019 年，张国成参加“蓝动常州 · 爱在蓝天下”关心自闭症儿童公益慈善晚会活动，现场接受常州电视台采访

2019 年，常州旭荣公司参加常州市“一袋牛奶的暴走”公益活动并捐款

第五章

旭荣文化：分享坦诚总关情

第一节　瓜瓞绵绵幸福家

人活一辈子，重要的是始终充满快乐。

每当张国成下班回到家，一推开门，两个孙子就会迎面跑来，承欢膝下，要是抱谁抱得晚了就会撒娇不愿意。这种幸福感一下子就冲淡了他一天的劳累和疲惫，看着两个天真烂漫的孙子，就想到了儿子张鹏小时候难忘的事。

张鹏小学三年级时就独自骑自行车上下学了。毕竟孩子年龄太小，大人哪里会放心。于是，孩子在前面骑车上学，他就悄悄地跟在后面。谁知道被张鹏发现了，回头挥挥手说："爸爸别再跟啦，不用担心，我会看好路的，你回去吧！"

俗话说，成功的男人背后都有一个伟大的女人，这话一点都不错。

张国成从一名驾驶员干起，到队长，再到二级单位的法人、负责人，工作一天比一天忙。这个小家的洗洗涮涮、照料儿子等所有家务就落在了毛林梅的肩上。特别是张国成到常州旭荣针织印染有限公司工作以后，他舍小家为大家，陪伴职工的时间往往比陪伴自己孩子的时间还要长很多倍。

"有次孩子上学晕倒了，后转到上海医院，我都没时间及时赶过去，都是他妈妈照料。包括儿子的教育，都是她在操心。她教给孩子做人的正确理念，教会孩子独立生活。"张国成说，"我从小受到父母的严格要求，做一件事情总是全力以赴。我儿子张鹏也非常优秀，继承了家里的优良传统。他苏州大学毕业，是班里的班长。18 岁入党。工作上也是和我一样，起早贪黑，不怕吃苦，一心扑在工作上。现在想想，幸亏有老婆支撑着我们这个小家，我才能安心地工作。”

父爱如山不轻言。张国成柔情的一面在这个时候终于显现了出来。他说这些话时候，嗓子都嘶哑了。这是他从内心流露出的一种感动，浓浓的亲情，也是对爱人毛林梅和家人的爱的体现。

光阴荏苒，日月如梭，张鹏在毛林梅的悉心照料下不知不觉长大了，2010 年成家立业，很快有个了两个可爱的宝贝。张铭轩，属龙，小名多多，生得白白胖胖。茶壶盖发型，浓眉大眼，甜甜的笑，小小的酒窝，活脱脱的一个“小仙童”。七个月大时就为裘天宝服装公司的童装进行品牌代言，真是了不起；多多还有个弟弟，大名张铭恩，属蛇，小名乐乐。乐乐刚会跑时，见到火车像是见到了梦中情人一样，蹒跚着脚步，一边猛追，一边拍着双手欢呼，那架势像是要与火车赛跑。他上幼儿园中班看到哥哥的奖状贴了半边墙，就对奶奶说：“奶奶，请把我的奖状与哥哥的分开贴，地方留大一点，我长大了，奖状的数量一定会超过哥哥的！”

还有，乐乐上中班时犯了个小错，放学时他像大人一样找到老师说：“老师，我想找你谈谈！”

老师丈二和尚摸不着头脑，疑惑地说：“好呀，乐乐，你要跟老师谈什么呀？”

“今天，我做错了一件事情，我想告诉你，我知道错了，以后不再错了！”

老师感到很震惊，那件小事老师早忘到脑后了，没想到孩子记在心里，有这么大的勇气和担当。

“老师知道了，乐乐表现很棒，敢于承认错误，敢于改正，真是最棒的宝贝！”老师摸了摸乐乐的头，抓着他的小手开心地说。

2010年，儿子张鹏婚礼双方父母和新人合影

关于两个孙子的童言童语都是张国成的爱人毛林梅一五一十地告诉他的。因为他一心扑在工作上，很少能够照顾到家。当他回到家一手一个抱着可爱的孙子，再听着爱人绘声绘色的描述时，就乐呵呵地笑了。

每当这时，张国成就会情不自禁地想到爱人毛林梅任劳任怨，几十年如一日的辛苦。若不是她默默地照料着这个家，教导孩子，现在又帮着教导孙子，自己根本无法全身心地投入到工作当中。

不过，即便再忙他们这个小家一直都充满了很多乐趣。

“我的红包呢？”

“不是发过了吗？”

“我一忙，没有点，过期了，没有收到，赶紧重发！”

“哈哈……”张国成看着像小孩子一样的爱人，咧开嘴笑了，立即给她补发了 999.9 元的微信红包。原来，张国成在春节时为老婆、儿子、儿媳等亲朋都发了微信红包。儿子、儿媳等都收到了，老婆忙得忘了点收。等忙完时，微信红包过期了，只能追着张国成向他要红包了。

按张国成的说法，什么叫成功，什么叫幸福，除了拥有儿孙绕膝的快乐之外，就是老了有个老伴、老了有个老窝、老了有点老底儿、老了有个老友……他看着爱人点了红包，像捡了大元宝那样开心，心里自然也乐开了花。

2010 年，原常州灯芯绒厂厂长吴产根（左四）参加张国成儿子张鹏婚礼

2010 年，旭荣集团董事长黄信峰为张国成儿子张鹏婚礼证婚

2012 年，张国成大孙子多多（张铭轩）7 个月时为裘天宝服装公司品牌童装代言广告

2018 年，张国成与俩孙子（左张铭恩、右张铭轩）年夜饭聚餐其乐融融

第二节　旭荣海外最高奖

据旭荣公司网站介绍：

旭荣集团是一家纺织领域的国际大型集团，集研发、纺织、染整、成衣生产、贸易营销于一体，同时也是国家运动休闲针织面料开发基地，全球员工人数约一万五千人。在多年累积的专业品质、快速反应与准确交期之基础下，业务规模快速成长。公司如破竹之势地发展，与旭荣集团品牌文化有着密不可分的关系。

一个没有文化的企业，是不成熟的企业，更无力应付复杂激烈的市场竞争。旭荣集团之所以能如此凝聚员工的向心力，且在业界享有盛名，其中最大的原因，便是来自集团的核心文化——分享。这样的经营理念不仅仅指引旭荣在市场丛林战中不致迷失，更成为集团傲视群雄的最大利器。旭荣的“分享”文化更是落实在公司各个层面，包括利润、信息、权利、知识等方面的分享。

为了增强企业的凝聚力，旭荣公司不断完善职工激励措施、提升职工福利待遇、丰富职工业余文化生活。其中，旭荣公司“海外干部贡献杰出奖”是旭荣集团的最高荣誉奖，为遍布世界各地做出巨大贡献的先进个人专门设立。

2015 年夏天，旭荣集团迎来 40 周年庆。庆典活动设在台湾一流酒店

2015 年，张国成荣获旭荣集团全球布局“海外干部贡献杰出奖”

左起：旭荣公司副总经理张国成、集团总经理黄庄芳容、集团董事长黄信峰、非洲产区副总经理 HAMEN、执行董事黄冠华

的大堂内，可以容纳近千人。当日，旭荣集团、供应商、品牌商等精英齐聚一堂，共同见证了庆典盛况。电子屏幕上不断回放着旭荣集团的发展历程，一幕幕展现在大家面前。

“40 年前，旭宽企业股份有限公司成立，我们扬帆起航，从一家平凡的小布商开始了我们的梦想……20 年前，我们研发出了一块充满魔力的弹性布，就是这块神奇的布使旭宽公司成功‘布局’亚洲、美洲、非洲等各大洲，并带旭宽公司跃升为涉足产品研发与流行趋势业务的跨国集团……40 年来，旭荣集团以‘品质、创新、快速反应、社会责任’为目标，以‘坦诚、分享’为集团核心品牌文化，为职工、为客商、为供应商、为社会分享自己的成果、自己先进文化。未来，我们将通过各事业体系相辅相成的完美流程合作与各地区核心城市的辐射能力，整合各方资源，提供最优质的服务，发展创新的附加价值，落实成为世界知名品牌的主要供货商之愿景，持续站在全球化的舞台上发光发热……”黄信峰董事长在旭荣集团 40 周年庆典活动上了作了精彩的致辞。

在那次庆典活动中，还有一项表彰先进的议程。庆典主持人在台上提高了声音宣布：

“海外干部贡献杰出奖获得者是常州旭荣针织印染有限公副总经理张国成……”

“海外干部贡献杰出奖”一共有两个人，张国成是其中之一。

这是他没有想到的，在发表获奖感言时，张国成激动地说：“非常感谢旭荣集团给我提供了实现自我价值的良好平台。十多年来，不管是在企业管理方面，还是做人做事方面都学到不少新东西、新理念，得到了很好的锻炼，可以说没有旭荣公司就没有今天的我。获得‘海外干部贡献杰出奖’，我非常开心，也非常荣幸，谢谢大家。今后，我将以此为新的起点，不断激励自己、鞭策自己，百尺竿头更进一步，为旭荣公司的发展奉献自己的智慧和力量……”

这是旭荣集团对张国成十几年勤勤恳恳、不辞劳苦地付出的一种肯定。除了奖励外，旭荣集团还从多方面来关心职工。

记得张鹏结婚那天，旭荣集团黄信峰董事长及家人和旭荣集团的高管在百忙之中专程组团从台湾乘专机飞到大陆，参加张鹏的婚礼，还做了证婚人。黄信峰董事长从台湾不同的文化背景和自身独特的视角，用充满哲学的故事使他的证婚词大放光彩。在场的宾客全被他的证婚词震撼了，纷纷称赞，竖起了大拇指。

还有一件令张国成难忘的事情，2016 年，集团邀请他及家人到台北旅游，没想到正巧遇上高雄大地震。旭荣集团总经理黄庄芳容一直打不通他的手机，显得坐卧不安。天啊，谁会料到高雄会发生大地震呢，意外有时就是这样悄然而至。

第二天一大早，张国成接到了黄庄芳容总经理急促的电话："张总，电话怎么关机啦，你在哪里啊，没有事吧……吓死人拉，高雄地震啦，千万别去了……"

他从电话里感受到了旭荣集团领导无微不至的关怀。

这一幕幕，在张国成的脑海中历历在目。旭荣集团领导对他及他那个小家的关怀不胜枚举。包括对广大职工的关心，逢年过节，总会给常州旭荣公司的职工带些小礼品，以表达对他们的心意。这充分体现了旭荣集团"分享、坦诚"的企业文化，旭荣集团这个大家庭充满了温情、充满了温暖、充满了关爱。

第六章

纺织行业：众虎同心促转型

第一节　纺业转型校会企

“我性真有，是身本空。四大合成，与天地通。如莲芭蕉，万窍玲珑。无道不入，有光必容。瞳瞳太阳，凡火之雄。湛湛明月，众水之宗。我尔法身，何所不充。不足则取，有余则供。取予无心，唯道之公。各忘其身，与道俱融。”苏东坡在《采日月华赞》中如是描述自己。在古人眼中，太阳、月亮都是神奇之物，能产生一种让人难以理解的神秘力量，而这种力量是可以被人类利用的。苏东坡先将“自身”想象为是“万窍”的空体，因为那样才能“与天地通”，日光、月光才能无阻碍地进入他的身体，从而被他吸收。

吸收何用？自然是补充自身的生物能量，为自己充电。

充电何用？自然是发光、发热，照亮众生……

张国成像苏东坡描述自己的那样，不断吸收知识以后，不但将先进的技术工艺、管理诀窍、行业动态、人生感悟等跟职工分享，使员工的综合能力得到提升，还跟即将毕业的大学生分享，让他们懂得做人的道理、吃苦的精神。他还与同行企业分享，让整个行业得到提升。

2017年6月30日，常州市纺织工程学会召开了第十一届会员代表大会，常州市民政局、科协等部门相关领导及会员代表参加了此次大会。会议审议通过了第十届理事会工作报告和第十届理事会财务收支情况报告，表彰了2012~2016年度常州市纺织工程学会工作先进单位、先进专业委员会和优秀工作者。会上选出第十一届理事会理事 106 人，张国成当选理事长。

常州市纺织工程学会下设纺织、机械、染整、环保、针织、信息和咨询七个专业委员会，并聘任了各专业委员会主任和副主任。

张国成在大会上满腔热忱地说：

“谢谢各位领导、谢谢各位会员的厚爱，十分荣幸当选常州市纺织工程学会第十一届理事长，同时也感到责任重大……我们学会全体成员要不断认真学习、贯彻、落实习近平总书记系列重要讲话精神，发挥学会的纽带作用。为纺织业的科技工作者服务、为纺织业的创新发展服务，努力构建科技型、枢纽型、服务型学会，要团结引领一大批常州纺织科技工作者，联盟业内企业、大专院校，开展各类项目对接、技术改造、产业升级活动，调动学会在常州纺织科技发展中的作用，为常州工业明星之城添砖加瓦……”

张国成除了肩负旭荣集团常州旭荣公司行政党务之重任外，还有很多名副其实的头衔。分别担任企业工会主席、CSR 委员会执行总裁、中国纺织工程学会专家委员、中国印染协会专家委员、中国针织协会专家委员、国家针织标准委员会专家委员、江苏省 CIO 首席信息官、江苏省 CEO 优秀职业经理人、江苏省工资集体协商谈判员、江苏省工资集体协商谈判员、常州总工会优秀“老娘舅”调解工作室调解员、常州志愿护河“企业河长”等十余个头衔。常州市纺织工程学会理事长，这是张国成的又一个头衔，对于他来说，每个头衔其实都是一份沉甸甸的责任。

心系常州旭荣公司的张国成，以厂为家，为企业的发展尽心尽力、废寝忘食，将企业打造成绿色工厂、行业标杆；心系职工的张国成，通过建立员工自治会、总经理共进午餐制、6+1 轮休制定期开展研讨会、3+4+3 模式、读书会、二勤制、成功失败案例经验谈、每周焦点人物访谈、厕所文化小品精选等等疏通上下沟通渠道，构建和谐的劳动关系，发挥员工的主人翁精神，把自身的发展与企业的命运相连接，提高企业的核心竞争力。于是乎，

2018年，常州市天宁区纺织行业科学技术协会会长张国成（左）与常州市科学技术协会副主席芮云峰（右）为常州市天宁区纺织行业科学技术协会共同揭牌

职工情感遇到了问题找他，职工结婚寻证婚人找他，职工子女上不了学找他，职工生活有困难找他；心系社会的张国成，除了在单位大搞环保建设、中水回收建设、节能减耗建设以外，还志愿担当了横塘河环境的护理工作。每天清晨，他都会沿着横塘河走一段，东看看、西望望，河水情况都会录入他的手机，若有异常，立即电话河长办，请求派人进行处理，查找原因，杜绝污染源的产生。“天蓝、地绿、水清”得到了保障……

如今，张国成当选常州市纺织工程学会理事长，他说：“不能辜负大家对自己的厚望。以前为常州旭荣公司服务，现在当选学会理事长，就要为这个行业服务，为这个行业的企业服务。”张国成不断为自己负重加压，思考行业一连串的问题，为整个行业的企业服务，“怎样站在战略的角度、经营的角度、管理的角度、生产的角度为会员单位服务？企业硬件有了，软件如何跟上去？学会企业上下游该如何融合，产业该如何升级？行业职工技能操作比赛要举办多少场，工匠人才、技术高端人才该如何引进……”

学会里有的企业遇到了发展瓶颈，他这个理事长义不容辞。牵线、搭桥、进厂指导，还针对学会成员企业的实际情况，建议进行改进，具体到企业货物要有专用仓库、不能到处堆放、把现场腾出空间，等等。当然，这些都是治标不治本，为了让学会的企业得到健康的可持续发展，他又建议企业要从制度上进行完善，提升企业的软实力，建立有效组织架构。

紧接着，常州纺织重镇湖塘镇组织了 30 多家相关企业 90 多位负责人、管理人员到常州旭荣针织印染有限公司学习印染企业现场生产管理的先进经验，并召开印染企业整治提升的推进会。湖塘镇党委书记蒋金明、镇长樊烨、镇人大主席贾国建、副镇长张建军出席、区环保局副局长马旦等到现场指导……

这只是当选学会理事长的预热活动。接下来，张国成有更多的举措服务学会。

他认为不论企业也好，学会也罢，要想发展，必须有人才支撑。为了

2019 年，常州市纺织工程学会会长张国成（左）与常州纺织服装职业技术学院院长洪霄（右）为常州市纺织工程学会入驻常州纺织服装职业技术学院、开展产学研项目合作揭牌

夯实常州纺织产业的人才基础，分享常州旭荣的发展之路，提升产业发展水平，促进全行业的健康发展，在张国成的全力推动下，2017 年 12 月，校会（企）战略联盟成立大会暨常州市纺织工程学会第三次主任会议在常州纺织服装职业技术学院圆满举行。常州市科协芮云峰副主席、常州纺织服装职业技术学院院长蒋心亚、副院长贺仰东、常州纺织服装职业技术学院纺织学院院长陶丽珍以及常州市纺织工程学会的委员们出席了会议。

张国成在介绍常州纺织校会（企）战略联盟的初衷时说："成立联盟，主要想充分融合常州市纺织工业协会、常州市纺织工程学会、常州纺织服装职业技术学院、纺织企业之间的优势，形成资源互补、人才互补，促进教育链、人才链与纺织企业前后端产业链的有机结合、无缝对接，实现合作共赢、共同发展、纺业转型升级，打造绿色、科技纺业，重振常州纺织业雄风。"

张国成履行着各种头衔的职责。他一有闲暇就在想，做强单一的企业不如做强一个行业。他这个常州市纺织工程学会的理事长整天心系着自己效力的企业、心系着纺织工程学会及整个行业、心系着这个社会。

2019 年，张国成在东华大学讲课

第二节 百年企业传承观

张国成已步入花甲之年，身为常州旭荣公司的高层领导，他是这样想的：一个企业要想健康持续发展，成为百年企业，选对、培养接班人是一项非常重要的工作。选对接班人，将接力棒顺利地传递给下一位企业掌舵人，对企业来讲同样起着生死攸关的作用。

酷爱打篮球的张国成，经常将自己比喻成NBA的马布里，在旭荣公司里扮演着“控球后卫”和教练的角色。或者说，张国成就是一个十足的伯乐，不断地提携新人、培养年轻人，马方方、鞠海明、刘慧清等已经获得省、市五一劳模、劳动奖章，刘慧清还是中国针织工业优秀青年工程师。

张国成为企业培养了一批有用之才，为企业的发展提供了源源不断的动力。他还在悄悄地实施着下一个“新五年计划”：发现、寻找一个“马布里”，培养一个优秀的接班人，让他效力的常州旭荣公司能够蓬勃发展、基业长青。

身为常州市纺织工程学会理事长，他认为一人红红一个，大家红红一片。如何让整个纺织行业都发展起来，都有一个接棒人，都一直红下去呢？

张国成带着这些问题，经常利用节假日对常州市纺织工程学会的很多会员单位进行义务指导，提升他们的企业管理、生产经营、新产品研发等水平，让很多企业转危为安、死里逃生。由此，他还结识了一批充满正能量的企业家。

张国成闲来就琢磨一件事情，怎样将这批能人组成一支“优秀企业家队”，从而打造一批优秀的企业，做到百年传承，或许从他的经验谈中就能找到答案：

“目前大家的企业都还生活得不错，但今后企业要想长远、健康地发展，一定要遵循‘三大一小’的发展原则。所谓的‘三大’就是大营销、大数据、大研发，‘一小’指的就是小生产，保证企业精品生产及验厂的需要。企业发展起来了，从长远来看，我们每个企业还要储备各类人才。俗语说打江山容易守江山难，为什么说打江山容易守江山难呢？就是缺少‘南征北讨’‘和衷共济’的团队。守江山的人往往会失去第一代企业家打江山的勇气和魄力，只想守住自己手中的一切，却忘记了他们的手越是握得紧，手里剩的东西就越少，再加上他们裹足不前，甚至抱残守缺，最终的结局就是自己无奈地把上一代辛辛苦苦打下的江山拱手相送……所以，我们每个企业家都要有紧迫感、危机感。危机遇到有准备的人就是机会，我们企业一定要提前筹划，培养新人、‘接棒人’……”

“常州劳模工作室”“纺织专家库”“纺织企业职业经理人俱乐部”“纺织企业接班人孵化器”……一连串的收罗专家、培养人才的想法不停地在张国成的脑海里闪现。他在为纺织工程学会的企业服务的同时，还在想着如何孵化出一批“拉出能战，战之能胜”的职工队伍、“能接棒，能战斗”的优秀接棒人才队伍！

2019 年，张国成（左一）参加常州市科技经贸洽谈会、参加常州纺织服装职业技术学院与企业签订产教融合协定

第三节 “3+1”管理模式

“治大国，若烹小鲜。”这句出自老子《道德经》中的话告诉我们，治理国家与烹煎小鱼的手法具有相似相通之处。进一步推广下去，其实企业管理同样也要遵循这个道理：油、盐、酱、醋等调料都要放得恰到好处，更不能操之过急，若急于求成，在烹煎小鱼时不遵循事物的客观规律乱翻乱动，小鱼儿就全弄碎了。

张国成在几十年企业管理过程中，以自身超前的先进理念作指导，不断在工作实际中进行总结，在旭荣公司独创了一套“张氏理论”企业管理办法，是企业科学发展、纺织行业转型升级的一把利器，诸如：3+4+3 人员配比模式、6+1 轮休制、探索 8 小时计件制模块、人才培养双轨制、3+1 工厂管理模式等。

其中，“3+1”工厂管理模式更是张国成在讲座中反复强调的：

“做企业管理我推行‘3+1’工厂管理模式。什么是‘3+1’工厂管理模式？首先，企业要有一套人性化的规章制度。正所谓国有国法、家有家法，无规矩不成方圆；第二，企业要推行‘6S 管理’。6S 是整理（SEIRI）、整顿（SEITON）、清扫（SEISO）、清洁（SEIKETSU）、素养（SHITSUKE）、安全（SAFETY）六个方面的管理，是企业生产现场管理的法宝；另外，我们还要推行‘SOP（Standard Operating Procedure）管理’，也就是标准

2018 年，张国成在常州市企业管理协会分享“张氏理论”管理经验

作业程序的制定与推行，用来指导和规范日常工作、生产业务流程等，是企业管理的基础，职工工作的章法所在，更是产品品质的保障；最后，企业要有自己的核心文化。每个公司的情况不同，企业文化也不尽相同。我们旭荣公司的核心文化是‘分享’与‘坦诚’。旭荣‘分享’文化落实在公司各个层面，包括利润、信息、权利、知识等方面的分享。旭荣‘坦诚’文化，要求经营企业要跟做人一样坦坦荡荡，要讲诚信、讲信用。总之，‘3+1’工厂管理模式包含的四个方面浑然一体，是企业长青的压舱石……”

纺织行业怎样转型？纺织行业每个企业的带头人都要有两把“刷子”才行，才能将企业的管理推向正规、企业发展推向快车道。旭荣集团奉行 CSR 社会责任，张国成也认为一人红红一点，大家红红一片。为此，他结合旭荣公司大平台，进行有机融合，总结出“张氏理论”管理办法，并在纺织行业里进行分享，以推动纺织企业的健康发展、纺织行业的转型升级。

后 记

书写完了，不过张国成的故事还远远没有结束，为实现企业大营销、大数据、大研发和小生产，他正在上下求索谋发展；为实现纺织行业转型升级，他正在走南闯北促融合；为解决老年人上下楼难题，他正在开先河在常州一老小区示范加装直升电梯……

2018年，我驱车访谈了张国成同事、老师、亲朋、领导、战友等50余人，为本书的创作积累了丰富的素材。

还记得第一次到常州旭荣针织印染有限公司访谈张国成的情景，我们还没谈10分钟他就说：“你写我，最好不要采访我！”

很快，他找来了单位的毛蓓、刘慧清、刘玉章、薛涛等商议本书创作事宜，决定让我先访谈他的同事、老师、领导等，他作为补充采访就行了。

这是我意料之外的，没想到要去采访那么多人。不过，这恰恰彰显了他坦坦荡荡的胸怀和光明磊落的为人。

随后，旭荣公司的李文杰、王存山、郭春、马文、孙娟、李亚萍、侯丽丽、宦晨娜、鞠海明、马方方、袁义万、苏建、周月红、朱凤喜、汪仲华、王春红、李燕、刘群、田长青、湛永红等近30名职工都成了我的访谈对象。

旭荣集团总管理处毛蓓为了让我全面地了解张国成，还特意邀请我参加他们公司的“主管对你说系列讲座”活动，接触了更多的职工，对访谈工作起到了很大的帮助。

访谈完张国成的同事以后，就开始采访他的两位姐姐张杏珍、张荷珍，初中、高中老师夏文宾，常州灯芯绒厂吴产根厂长，还有天宁区政协魏明、工会金吉、人大许宪生、节水办吴仁军，常州市环境公益协会徐国平，青龙街道工会沈文武，常州纺织服装职业技术学院夏冬，润德医疗公司朱善本，伊思达纺织公司恽中方，黑牡丹公司王常胜，常州市台湾事务办公室凌洁、张清涟等；电话采访了常州市台湾事务办公室原主任许春元，张国成参军所在部队连长赵凤鸣、指导员贾春友、班长刘大忠，黑牡丹公司原董事长、常州市纺织工程学会原理事长曹德法等。

今年年初，在旭荣公司召开了本书创作推进会，结识了中国纺织出版社有限公司孔会云，中国纺织企业文化建设协会姜国华、汪宝林，常州市纺织工程学会刘晶，天宁区委韩波，为创作提出了许多宝贵建议，在此表示十分感谢。

同时，中国纺织工业联合会副会长、中国针织工业协会会长杨纪朝对本书的出版也给予了殷切的关心与指导，常州市科协鲁玉凤、常州市老科协董谦、纺织老科协王文洁、江苏麦点文化公司设计师贺洋、常州强生纺织公司、常州永驰纺织公司、江阴美杰针织公司、常州裘天宝服装公司等单位及个人在本书写作过程中给予了大力支持，使本书能够顺利出版。

在此表示由衷的感谢。

程中伟

2019 年 5 月